한글자 사전

詩人 キム・ソヨン 一文字の辞典

キム・ソヨン＝著

姜信子＝監訳

一文字辞典翻訳委員会＝訳

김소연

CUON

This book is published with the support of
Literature Translation Institute of Korea (LTI Korea).

すでに美しいものは、
もはや「美」にはなりえないのであって、
「美」になりえぬものを、
かならずや「美」ならしめること。

はじめに

——日本の読者に向けて

私が名前を呼んだら、「ん？」と返事をしてくれる人が好きだ。私に名前を呼ばれて嬉しいんだなと感じるから。二人の間には一気に溢れんばかりの親愛の情が通い合う。「なに？」という言葉が返ってくることもある。そんなときは名前を呼んだ私の心が少しばかりすくんでしまう。単なる口癖にすぎないのかもしれない。けれども、相手の警戒心を私は汲みとってしまうのだろう。たった一言の返事にすぎないのに、返事の仕方次第で人と人の間の壁を壊すこともできれば、壁を作ることもできる。

❖

言葉から生まれるニュアンスを一つ一つ突きつめるのは、長いこと詩人として生きてきて身についた習慣だ。呪いや嫌悪に満ちた言葉も言語であり、祝福と慈愛に満ちた言葉も言語だ。人間の言語はこのように善悪を行き交い、入り混じり、大きな力を持つ。その力はあるときは恐ろしく、あるときは崇高であるがゆえに、言語とはまことに細やかに扱わねばならない道具なのだ。話し手の口からなにげなく発せられた一言が、聞き手の耳に深く突き刺さるとき、詩人である私はその間に入り忠実な翻訳者となって二人をつなぎたいという欲望にたびたびかられる。

その欲望が私に『一文字辞典』（『詩人キム・ソヨン　一文字の辞典』）を書かせたのだった。

私の本棚には辞典類だけを集めたコーナーがある。『韓国語大辞典』をはじめとして、言語に関する辞典は言うまでもなく、文学関連の用語辞典から、心理学、社会学、科学分野の事典、動物や植物についての事典がぎっしりと並んでいる。海外に旅に出れば、その国のポケット辞典を買って持ち歩く。携帯電話のアプリやインターネット検索でも事足りるのではあるけれど、紙をめくって見知らぬ単語と出会うというような偶然が好きなのだ。

『一文字辞典』を執筆しているときには『韓国語大辞典』を手元に置き、一枚一枚めくる楽しさにすっかり夢中になった。簡潔な定義からは細かなニュアンスが消えがちだったため、私は言語学者が収めきれなかったニュアンスを文学的に収めてみたくなった。時には冗談を言うように、時には濃密な詩を書くように作業を進めた。読んだ人がニヤッと笑ってくれたら嬉しいなと思っていた。うなずきながらページの余白に自分なりのまた別のニュアンスを書き込んでくれたらいいなとも思っていた。そうして私が書き記した定義と、読者の手書きの定義が同じページに一緒に並んでいたら素敵だなと思っていた。

つまり、私の『一文字辞典』は読者が参加することによってはじめて完全な辞典となる。私と未知のあなた、私たち二人でこの本を完成させるのだ。

『一文字辞典』は、詩人仲間のオ・ウンの提案で、韓国の文芸誌『文藝中央』に二〇一四年から二〇一五年まで連載したものを大幅に修正し、加筆したものだ。マウムサンチェク出版社から、私の初の散文集『心の辞典』の出版十周年を記念する仕事の提案を受けたときに、すぐさまこの原稿を送ったのだった。そうしてこの散文集は溢れんばかりの祝福と愛に包まれて刊行にいたった。

日本版の監訳を引き受けてくださった姜信子さんとは何度もメールを交わし、文化の違いから生じるニュアンスをめぐってやりとりを重ねた。言葉の角度が0・1度ずれるだけで行き着く先がまるで別の地点になりうるということに対して、姜さんも私と同じように注意深かった。日本版『一文字辞典』は、姜信子さんと私の注意深き連携プレーの産物というわけだ。
この本に興味を持ち出版を決めたクオンの金承福社長、監訳の姜信子さん、そして翻訳委員会の皆さんに感謝の気持ちを伝えたい。

韓国語に興味を持つ日本の読者は、どんな文章を私の文章の傍らに書きとめるだろうか。韓国の読者がそうだったように日本の読者にとっても、文章を書きとめている その時が、自分が使っている〝一文字〟に秘められた細やかな力を感じる時間となるならば、それ以上にうれしいことはない。
言葉を味わう楽しい経験となりますよう、心より願っている。

二〇二一年五月　新緑の候に
キム・ソヨン

そのなかに何が入っているのか
割って確かめるのではなく
植えて　水をかけて　確かめること。

目次

●※と《》は訳注を表す。
●作中引用の詩や小説および作品名は、翻訳者が韓国語版から訳出した。ただし、148ページの「鳥は」は高橋喜久晴『詩集・日常』より引用。また邦訳のある作品については、その書誌データを訳注に記した。
●発音記号は『朝鮮語辞典』（小学館／韓国・金星出版社）『日韓辞典』（SHOGAKUKAN）をもとに記した。

犬になりたい

7

ㄱ

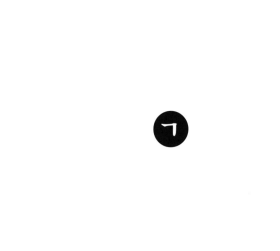

감 柿【kaːm】

大人になったかどうかを鑑別できる、もっとも確実な方法のひとつ。さまざまな果物が目の前に並べられたとき、よりによって柿から食べようと手を伸ばしたのなら、あなたは大人だ。以前はそうではなかったのに、いつの間にかそうなっていたのなら、なおのこと。

갑 甲／最高（↕을／乙／二番）【kaᵖ】

「それサイコウ（甲）じゃん！」という言い方はよくするが、「それオツ（乙）じゃん！」という言い方はしない。

갓【kat】今まさに

変わりゆくものにだけ、この修飾語を付することができる。今まさに始まったところだという意味と、刹那の過程でしかないことを表す言葉として、期待で胸がいっぱいのときに使う。この期待感が肯定的に作用するときは、愛おしさやときめきを表す。産まれたての赤ん坊、咲きたての花、焼きたてのパン、始まったばかりの恋……。この期待感が否定的に作用するときには、恐怖や寂しさを表す。今まさに不幸の幕があいたように。今この瞬間、別離《わかれ》たばかりの人という表現には、今はどうしようもなく辛くても、徐々に以前の自分をとりもどし、回復するようになるまでが内包されている。

ㄱ

강
河【kaŋ】

今なのだと教えてあげる、河が流れていると、深くはないと、小さな舟に小さな艪《ろ》があると、河を渡る準備ができたと教えてあげる、

腰をかがめて髪を洗い、腰をのばして髪を梳《す》き、陽光に髪を乾かし、岩に腰かけていると教えてあげる、オリオン座が頭の上で輝く夜と、素朴な雲が太陽を隠していた昼に、地球の向う側の国でおまえが尊敬していた立派な方が死んだという知らせを私も聴いたと教えてあげる、

石ころは丸くて、草はやわらかいと教えてあげる、私は食べることを断ち、煙草を断ち、時間を断ち切ってしまったと教えてあげる、日没が押し寄せてきて、いつのものだかわからない昔の歌が流れてきて、裸の子どもたちが裸になり、泳ぐ魚が泳ぐ河辺、

根っこを河の流れに差し込んだ絞め殺しのイチジクの木が根っこを河に差し込み、跳びはねる大きな魚がおじいさんの魚籠《びく》でひっきりなしに跳びはね、この大きな魚を焼くためにもう少ししたら薪で火を熾《おこ》すだろうと、

くねくね流れる河に沿ってくねくね曲がる道が通っているこの場所で、くねくね曲がる道に生きるくねくねした人々と一日じゅう散歩をしたと教えてあげる、大きな木の木陰の小さな木、かぼそい木の橋の下のかぼそい木の脚がやっとのことで息をついていると、

遠くからひとりの人がおかずを載せたお盆を手にそろそろと歩いてくると教えてあげる、魚はカリカリしていると、素敵な匂いがすると、漂ってくると、打ち寄せてくると、ヒリヒリと腹が空いたと、もう準備はととのったと、今なのだと教えてあげる

キム・ソヨン　詩「河と私」※

※本作品は『수학자의 아침（数学者の朝）』（文学と知性社　二〇一三年）に収録。

개
犬【kɛː】

犬になりたい

「犬見物も、もう、いやんなるくらいしたわね」

もう旅も終わりかけのころ、公園のベンチでサンドウィッチを食べる手をふっと止めて、私はひとり呟《つぶや》いた。二か月にわたる旅の間、地図を手にうろうろ歩いてたどりついて、入場料を払って目撃した素晴らしい文化遺産も多かった。心優しい人々との多くの出会いもあった。けれど、なにより心がはずんだのは道で行き合う犬たちを、もういやになるほど見物したことだ。ご主人様とともに旅をしている犬、ご主人様とともに夜の散歩をする犬、ご主人様とともに買い物にゆく犬、ご主人様とともに道端にぺたんと座ってその傍らで昼寝する犬。ライオンのように大きな犬もいれば、おもちゃみたいにちっちゃな犬もいた。ウォンウォンと吠えかかってくる犬もいれば、駆け寄ってきてサンダルを履いた足の指をぺろぺろする犬もいた。

私が暮らす路地ではこれほどまで普通にいろんな犬に会うなんてまずない。ところが、今回の旅ではそれこそ犬にたっぷりと会って、犬を眺めては喜んでいたおかげで、ちょっとした挨拶の言葉をかわして顔見知りになったりするのも、ほとんどが犬の飼い主ばかりだった。どの犬もご主人様に似ていた。パグを連れていたご主人様はパグの表情、堂々たるゴールデンレトリバーを連れて歩いていたご主人様は堂々たる風格。犬はあの人たちにとって文字どおり伴侶だった。

旅先で犬を見るたび、ちらりとこんなことを思ったものだ。犬になりたい。なにかの気配を感じたり、ご主人様と目が合ったりするや、耳をぴくっとそばだてるあの耳が欲しい。人間の耳も、犬みたいに無心にただ心のままに走るときには、ひらひらしたらいい。耳をたらーんと垂らして、じっと丸まって、「私はいまとっても穏やかな状態です」とメッセージを送れたらいい。うれしいときにはブンブン振りまくる尻尾と、尻尾のつけ根の下にちょこんとくっついている素敵な穴を誇らしげに見せびらかす尻が欲しい。

객【kɛk】客

お客を指す言葉だが、「客気（＝空威張り）」「客声（＝無駄口）」と活用されると、ようやく隠された意味が露わになる。くだらない、無駄なものという意味が。そこで、そんな意味をすっかり隠してしまおうと、高いという意味をあえて込めて「顧客※」、貴いという意味をあえて込めて「貴賓」という言葉が別に存在する。

※韓国語では、顧客を「고객」と書く。「고객」の「고」は、「顧」だけではなく「高」という漢字の音も表すので、この一文には「顧客」を「高客（立派な客）」と読み替えさせる言葉遊びもひそんでいる。ちなみに韓国語に「高客」という言い方はない。

갱【kɛŋ】坑（あな）

以前は炭鉱町にあったが、最近は至るところにある。寄る辺なく彷徨《さまよ》う、ありふれた人生の中に。

개【kɛː】あいつ

遠くのほうにいる人を指していう人称代名詞ではあるけれど、実は誰かの陰口を叩くときによく使う。とくに上司や先生のことを言うときに。

검 検【kɔːm】

提出された資料をいちいち注意深く見ている暇などないとき、この字を丸で囲んで検印とするか、職印ですます。重要なのは内容ではないのでじっくりと見る必要はなく、こんな仕事はそこそこやって、そこそこで終わらせればいいと公表しているようなもの。

겁 怯【kɔp】

「わたしは臆病だ（＝怯えが多い※1）」という表現と「あの人は怖いもの知らずだ（＝怯えがない※2）」という言い回しを耳にすることがもっとも多い。このように、多いか無いかの二択以外に、「わたしは可もなく不可もなく怯える」みたいな言い方も、当たり前に使われるようになるといい。

※1「겁이 많다（臆病）」は直訳すると「怯えが多い」
※2「겁이 없다（怖いもの知らず）」は直訳すると「怯えがない」

겉【kɔt】表／外側／上辺／見かけ

「속(内・中・心)」の反対語であり、目に見える世界に関することがら。「속(心)＋상(傷)」という言葉はあるが、「겉(上辺)＋상(傷)」という言葉はない。心の傷は言葉にしなければわからないからだ。しかし、私たちのいわゆる傷心が「겉상(上辺の傷)」でしかないときもある。心の中まで傷つかないことも、実は多い。「上辺が傷ついただけだよ」という表現も当たり前に使われるといい。虚飾、虚栄のように否定的な意味でのみ活用される「上辺」の世界の延長線で。

격【kjɔk】品格

どんな人が好きかと尋ねられたら、品格のある人だと答えたい。全てを持てる者よりも、ほとんど何も持たざる者により多く見られる価値であり、全てを持てる者がすでに手中にあると錯覚する唯一の価値であり、ほとんど何も持たざる者が唯一失いたくない最後の価値だからだ。

결【kjɔl】肌理（きめ）／肌ざわり／感触

私たちの手が触れたり、体を包んだり、私たちが見て、聞いて、さわって、感じる全ての感触だ。やわらかい肌ざわりは安らぎを与え、歳月を重ねた肌ざわりは畏敬の念を抱かせ、繊細な肌ざわりは私たちの感覚を目覚めさせ、複雑な肌ざわりは私たちの視線をここではないどこかへと向けさせる。

겹【kjɔp】重なり／層

私たちの目に見えるものや考え得るものが全てではないことを本当に理解しようとするならば、観察したり思惟したりするとき、これは欠かせない価値基準だ。優れた文学は、絶えず、私たちの当たり前がそうではないことを証明することに没頭している。

곁 傍（そば）【kjɔt】

「となり」より、もう少し近い。「わたし」と「となり」、その間の領域。だから、わたし自身はけっして入れない場所であり、わたし以外の人だけが入ることのできる場所。同僚とわたしは互いの「となり」までを、友人とわたしは互いの「そば」までを許しているようだ。相手にとってわたしが友人なのかそうでないのかを見極めるのに、「となり」と「そば」の距離を感覚ではかると、いくらか役に立つ。

곡 曲【kok】

この世に存在する全ての曲は、生きとし生けるものの呼吸と脈拍と心臓の拍動を再解釈しようとしてきたのではないか。もっとも危険な瞬間から、もっとも安楽な瞬間までを。とすると、音楽を聴くということは、自分ではない息遣いを経験することになるのではないか。

골【kol】怒り

「화※」が心の中で火の如く燃え上がっている憤りの状態を意味するならば、「성※」はその憤りの状態を積極的に表現することを意味し、「골」は「화」の根拠が曖昧で不足しているにもかかわらず憤っている状態ではっきりと表に出すことができない。根拠が不十分なせいで、ほとんど意地悪に思われることが多い。

＊「화」「성」、タイトルの「골」は、どれも「怒り」や「憤り」の感情を表す言葉。

곰【koːm】熊

春の日、冬眠していた熊は伸びをして目覚めるが、人間はさて、もたもたと熊のように緩慢になる。

＊韓国語の「곰(熊)」は、行動がのろく鈍い人を嘲るときに使うこともある。

곳【kot】ところ

旅先で、私たちはくらくらと眩暈《めまい》のする美しさばかりを探して、地図を手にぶらりと歩く。カンカン照りの空であれば空、ふわふわのわた雲であれば雲、博物館や美術館でなくても、あらゆるものからくらくらする美しさを見つけだし、その目で見ようとする姿勢が、旅人の背中にはすでに刻みこまれている。この眩暈は、みずからその場所へ出向いた苦労の末に訪れくる快楽だ。その場所に立って実際に味わう感覚は、風が肌を撫でる感触と、路地のパン屋から漂ってくる匂いと、人々の騒々しい話し声と、これら全ての感覚に等しく滲《し》みわたっている陽の光の粒子が結合したものなのだ。

공
球【koŋ】

先史時代から人類が遊ぶときに使いつづけてきた、まんまるの道具。球を転がす、球を投げる、球を受ける、球を捕る、球を蹴る、球を弾ませる、球を打つ……。「球」と共に使われている言葉をよくよく見ると、まるまるとした人がどのような扱いをされてきたのかが思いやられる。

관
棺【kwan】

初めて入って横たわるのに、永遠に横たわるのだ。いちばん暗いところで、永遠に独りになるのだ。どこよりも冷たいけれど、もしかしたらあたたかいかもしれなくて、どこよりも硬いけれど、もしかしたら居心地がいいかもしれないのだ。

국【kuk】汁もの

父がいなくなった食卓から、一緒に姿を消したメニュー。

굴【kul】牡蠣

父の茶碗の前にだけ置かれていた、冬のご馳走。

굿【kut】クッ

《韓国のシャーマンが行う神降ろしの祭祀信仰》

「シャーマン※1を家に呼んでクッをしたい。けれど、長男の嫁が我を忘れて踊り狂う姿は見たくないからやらない」※2という根性曲がりな考えが、「クッでも見物しながら、ふるまい餅でも食べていよう」※3という破れかぶれな考えに変わるときにできる宴。

※1韓国のシャーマンは主にムーダンと呼ばれる。クッを主宰し、病気治癒や悪霊退散、先祖供養、豊漁豊穣などを祈る。ムーダンの多くが女性で、楽士（男性が多い）が楽器を打ち鳴らすなか、踊りや歌でトランス状態となり神や霊と交信する。

※2「굿하고 싶어도 맏며느리 춤추는 꼴 보기 싫어 안 한다」
直訳は本文どおりだが、「何かしようとするときに気に入らない人が出てきて、やる気が削がれる」という意味で使われる。

※3「굿이나 보고 떡이나 먹자」
直訳は本文どおりだが、「無駄な干渉はしないで、実利を得たほうがよい」という意味で使われる。

귀
耳【kwi】

討論するときは閉じているのに、称賛するときはよく開く、わたしたちの身体器官。

균
菌【kjun】

人類の定住生活とともに進化した、われらが旧知の友。

귤【kjul】みかん

ひとふくろ。父が仕事から帰って玄関を開けたとき、冷たい空気と一緒に連れてきたもの。

극【kɯk】極／果て

ないことを意識すると戻る方法がなくなるため、設定しておく虚構の限界線。

금【kɯm】線／ひび／禁

「금（線）」は踏むなという意味で、「선（線）」は踏み越えるなという意味で引かれる。「금」は他人を統制するために、「선」は自分自身を統制するために。

길【kil】道

道を楽しめない町は死んだ場所も同然だ。

깡【ʔkaŋ】意地

力の最終形態。乳を吸っていた力は、腹に宿った胆力から粘り強さに、次いで負けず嫌いに、そして頑として譲らない意地へとバージョンアップされていく。

깨【ʔkɛ】胡麻

「おいしくなあれ」と、ふりかけるもの。

껌【ʔkɔm】ガム

一九八〇年代に広告業界でもっとも熾烈な競争が繰り広げられたアイテムであり、一九九〇年代までは教養のある人が鞄にしのばせていた必需品のひとつであり、二〇〇〇年代には食堂が食後の口直しに提供してくれていた嗜好品。今では味のしなくなったガムのようになってしまったガム。

꼭【ʔkok】必ず／きっと／ぜひ

「반드시（必ずや）」というとどこか権威的で、「당연히（当然）」というとどこかいいかげんに思えて、「제발（どうか）」というとどこか卑屈に見え、「부디（くれぐれも）」というとあまりに切実すぎるので、ドライだけれど端的にわざとらしくなくお願いしたいときに使う言葉。

꼴【ʔkol】

境遇／状況

ものの様子や状況を意味する韓国語固有の言葉だが、良い状態のときは「양상(たたずまい)」という言葉に置き換わり、悪い状態のときは「형국(有り様)」という言葉に取って変わられる。気にくわないときは「꼴값(不相応)」へとすげ替えられ、皮肉るときは「꼬락서니(ざま)」に成り代わる。

꽃
花【ʔkot̚】

初めての赤

近所の小径を散歩していて、久しく足を踏み入れていなかった隣の地区に向かって踏切を踏み越えた。踏切の向こうの、とても小さい看板を提げた店が目に入ったからだ。花屋だった。外に出してある植木鉢を見物する。水を与えられたばかりの植物はオーナメントのような雫を纏《まと》って、きらりと光る。それぞれちがう植物の葉をあれこれ眺めていた。店先でずっと植物を覗き込んでいる私を見つけた花屋の店主が出てきた。

「花がお好きなんですね」

頷きながら店主といくつか言葉を交わした。店を始めてからまだ日が浅く、近くに住む人もほとんど来ないので、見るだけでもどうぞと勧められた。大通りの向かいに住んでいると挨拶をしてしまったら、そのまま帰るわけにはいかなくなった。ゼラニウムがあるか尋ねると、店の中庭に案内された。

「もう夏が近いので、買いに来る方がいらっしゃるかと思って」

赤、白、うすいピンク、濃いピンクなど、色とりどりのゼラニウムを見せながら、一年じゅう花を咲かせてくれるのだと、ゼラニウムについて説明してくれた。なかには蚊を退治する効果から駆蚊草《クムンチョ》と呼ばれる種類もあり、この時期人気なのだという。

店主が勧める一番元気のよいゼラニウムを選んだ。そうして買うことになった植木鉢を手に家へ向かう道のりは、休み休み行かねばならなかった。ひいひい言いながら四階の屋上部屋※まで階段を上がる。屋上の日差しがよく当たる場所を空けてあげた。

夏の間、ゼラニウムの傍らで過ごした。ゼラニウムの隣にビーチチェアを置いて寝そべって、本を読み、アイスティーも飲んだ。ときにはサングラスをかけて旅行ごっこをして夏を送った。ゼラニウムは赤い花を咲かせては枯らし、また新しく咲かせた。ただ水をたっぷりと与えてやりさえすれば、この子たちは驚くほど一生懸命に花を咲かせた。同じ花が絶え間なく枯れては咲くことを初めて知った人のように、ゼラニウムを隣で見守った。ひとつの茎からどうしてこんなに多くの花茎が伸びて、ほわほわとした毛に覆われた蕾が開くのか、来る日も来る日も不思議だった。雨が降り否応なしに花びらが落ちる日には、傘をさして不憫に思いながら見守り、太陽が強く照りつける日には、花びらが焼けるように枯れてしまうのが可哀想で、ひたすら日が沈むのを待ち侘びてはたっぷりと水を与えた。ゼラニウムは私の友情を最大限に満喫すると、翌日にはまた毅然と艶《あで》やかな姿を見せた。細かった茎は前より太くなり、背もぐんと伸びた。秋になったら円い葉が円い紅葉に染まるのを想像し、花の種子を拾って、来年には種まきをしてみようと計画を練りもした。友人が家に遊びに来ると「ゼラニウム見ない?」と言って、一緒に屋上に出ることもあった。友人たちは、この平凡な花をとりわけ可愛がる私に驚いていた。ゼラニウムは、私が初めて自分で育てた花だった。水をしょっちゅうやらなくても日の光があまり当たらなくてもすくすく育つ、サンスベリアやゴムの木、アロカシアのような空気を浄化するための観葉植物をいくつか育ててきただけの私にとって、初めての赤だった。庭がある家か陽のよく当たる家に住めたら、絶対に花を育てようと心に決めていた。その長年の願いが初めて叶ったのだ。

夏が過ぎ、秋がやって来た頃、原稿を整理しようと十五日ほど家を空けた。なぜだかわからないけれど、ゼラニウムのことは私の頭からすっかり抜け落ちていた。家を出るとき、たっぷりと水をやって洗面器いっぱいに水を張り、そこに植木鉢を入れておいたものの、そのときは十五日も家を空けるとは予想もしなかった。原稿に集中するあまり、その他のことにほとんど頭が回らなくなっていた。家に戻ってからも変わらなかった。水をやるにはやったけれど、ゼラニウムの顔色を近くでよく見ていなかった。家を空けた十五日の間に先延ばししていたものをこなし、人に会うのに忙しく外出ばかりしていて、家ではかろうじて眠って起きるだけ。

ある日、朝寝坊して起き「あ、ゼラニウム!」と嘆息をもらした。サンダルを引つかけ屋上に出てゼラニウムの前にしゃがみ込んだ。ひとつの花茎の先にからからに乾いて剥製のように引っついているひとつの花を発見した。手を添えて触れるやいなや、はらはらと散った。それをそおっとそおっと一枚ずつ拾い、白い紙に包んで部屋に持っていった。その紙の上に一枚一枚並べて置いた。死んでもなお、ゼラニウムは綺麗だった。一列に並べたり、星のように集めてみたり、いろいろと模様を作りながら、床の上に膝を抱えて座って、葬儀を行った。

朽ちた花びらなのに美しかった。美しいので写真も撮っておいた。ひとつの花にどれだけたくさんの花びらがついているのか、乾いてしまってからでなければつぶさに知ることはできなかった。ぱさぱさに乾いてしまったゼラニウムの花びらと、いや、骨になった花びらと半日戯れた。

※屋上部屋＝「옥탑방（オクタッパン）」本来の建物とは別構造で、屋上階に設置されている簡易な部屋のこと。エアコンでも対処できないほど夏は暑く冬は寒いため、比較的安価で住めることが多い。屋上部屋と同様に手頃な価格で住める住居には、半地下部屋・地下部屋と呼ばれるものもあるが、昼間も陽が当たらず湿気がひどいため、服にカビが生えたり気が滅入りやすくなったりと、住み心地はあまり良くない。

꾀【ʔkwe】企み

ギリギリの状況でない日常生活で主に発揮されるものは「猿知恵」という。

꾼【ʔkun】クン《良くも悪くもその道のプロを意味する接尾辞》

何らかの仕事に卓越した専門家を指す言葉だが、性根の腐った手練れを指していうこともある。このようにクンの使い方が二重であるのは、「手練れ」という言葉の属性自体が二重的だからだ。

※「꾼（クン）」は、「사냥꾼（サニャンックン）」＝猟師、「씨름꾼（シルムックン）」＝力士、「춤꾼（チュムックン）」＝ダンサーのように、あることに精通した人という意味を付すときに使う。一方、「사기꾼（サギックン）」＝詐欺師、「술꾼（スルックン）」＝酒飲みのように、ある種の行動をする人を蔑んでいうときにも使う。

꿀
蜜【ʔkul】

蜜を奪われたミツバチがどうやってその事態に対処するのかは明らかにされてこなかった。

꿈
夢【ʔkum】

こちら側では夢の話を誰かにするが、夢の中ではこちらについて話さない。

끈【ʔkɯn】紐／絆

ものを一つにまとめるときに使うもの。紐が切れたときに散り散りになってしまっても、そのもの自体がしっかりしていれば揺るがない。人の絆もまた同じ。

끙【ʔkɯŋ】うん

力を入れるときはこの声を意識的に出し、しんどいときはこの声が自然と出る。

끝
終【ʔkɯt̚】

戦争が終わるたび
誰かが掃除をしなければ。
何事もなかったかのように
元通りに片づくはずがないのだから。

死体で埋め尽くされた荷車が
通れるように
誰かが路傍の残骸を
片側に押し退けねば。

誰かが踠《もが》きながら歩みを進めねば。
ソファのスプリングと
割れたガラスの破片、
血のついたぼろ切れが溢れんばかりの
泥土と灰塵を掻き分けて。

誰かが壁を支える
梁を運び、
窓にガラスをはめ、
戸口の蝶番《ちょうつがい》にドアを取りつけねば。

写真に美しく映ろうとするならば
多くの歳月を要するものだ。

カメラというカメラはすでに
別の戦場へ行ってしまったけれど。

橋を再び架け、
駅も新たに建てなければ。
たとえ擦り切れてぼろぼろになっても
袖を捲り上げて。

ほうきを手にした誰かが

過去を回想するならば、
黙って聴いていた誰かが
幸運にも奪いとられなかった首で
懸命に頷く。
しかし、いつの間にかあたりには
話を退屈に思う者たちが
ひとりふたりと群がり始めるだろう。

今でも誰かが
茨の藪の下を掘り返し
古く錆びついた議論を引っ張り出しては
瓦礫の山へ持って行く。

ここで何が起こったのか
明瞭に記憶している人々は
もう徐々にその場を譲り渡さなければ。
ほんの少ししか知らない、
その者たちよりもさらに知らない、

ついには全く何も知らない者たちに。

原因と結果が綺麗に覆われた
この草原の上で
誰かがシートを敷いてごろんと寝転がり
穂を口にくわえて
じっと雲を眺めなければならない。

ヴィスワヴァ・シンボルスカ※　詩「終わりと始まり」

※ヴィスワヴァ・シンボルスカ（一九二三―二〇一二年）ポーランドの詩人、翻訳家。一九九六年ノーベル文学賞受賞。邦訳に本作品収録の『終わりと始まり』（沼野充義訳　未知谷　一九九七年）、『橋の上の人たち』（工藤幸雄訳　書肆山田　一九九七年）、『シンボルスカ詩集』（つかだみちこ編訳　土曜美術社出版販売　一九九九年）がある。

し

「おまえ」の集合体

ㄴ

나【na】私

もっとも簡単な演算で数えられる者。なのに、もっとも難しい演算で数えねばならぬような錯覚をする者。私をもっとも多く騙す張本人。私がもっとも頻繁に騙される張本人。もっとも醜悪だけど、もっとも速く赦される者。すばやい赦しでもっとも深く醜悪になるままにされる者。もっとも手ぬるい怒りの対象。もっとも後回しの怒りの対象。実は存在しないのかもしれないがゆえに恐ろしい者。ひょっとしたら「おまえ」の集合体にすぎない者。

낙【nak】
楽

なんの楽しみもない時にこそ、きっとそのために残されたにちがいない、
実にたやすいただ一つのことを指す言葉。

날【nal】
日／刃

去る日と来る日の間に挟まれた、カミソリの刃のような一日。
新しい一日が生まれくる境目の線のような時間。

남【nam】男／他人／南

男子、他人、南側、この三つを全部、「남《ナム》」という一文字で書ける訳には次の共通点がある。遠くに置いて眺めるが良し。

낮【nat˺】昼間

影をプレゼントされる時間。影と別れたくなかった誰かが灯りを作ったのだろう。

낯【nat】面（つら）

顔という言葉よりも、さらにあるがままを指し示す言葉。
感情のこもった顔を表現する言葉。

너【nɔ】きみ・おまえ

可変性家族、もしくは拡張型家族。友と敵の間をたやすく行き交う他人。
ごくごくたまに「わたし」と完全に重なってうれしくなる人。

넋【nɔk】たましい

生者のものを「霊魂」と呼び、死者のものは「たましい」と呼ぶ。

※「넋」は韓国の固有語。霊魂、魂魄といった「魂」に関わるすべての意味を含んでいる。「넋」は死後も消えることがないとされる。

넷【neːt】四／ネット《組織》

ひとつ　ひっそり美しく、　ふたつ　ふかーくつながって、
みっつ　みるみる強くなり、　よっつ　ようやく組織の誕生。

년※【njɔn】アマ・スケ

親しさを込めるときと嫌悪感を込めるとき、ただ二つの用途でだけ使われている女性を指す俗語。

※「년」の原型は「女（녀）」。「미친 년（ミッチンニョン）」「씨발 년（シーバルニョン）」と言えば最高の罵倒の言葉。

녘【njɔk】あわいの時

一日二回、陽の光の生成と衰退のときに、私たちのそばにこっそりとやって来ては去っていく言葉。

녹【nok】錆／緑

錆がつけば人間は緑を食《は》むことができる。

논【non】田

幼い頃の両親の仕事場。幼い頃のあそび場。

놀【no:l】夕焼け

とがった冬の木の枝に刺されているあの空は赤い傷をあらわにして一日を終える。うめくこともないあの空に祈りを捧げよ。

놈【nom】やつ・野郎

男性を見下して呼ぶとき、親近感を出すとき、皮肉や嫌味を言うとき、まんべんなくよく使う。唯一父親には誰も使わない。

농【noŋ】冗談《「농담」の縮約形》

虚構は事実を圧倒し、冗談は真実を制圧する。

ㄴ

눈【nun】目

視覚という感覚ばかりに依存して私たちは生きていると思われているが、実は視覚の楽しさも視覚の助けも目に入らぬまま生きている。目に見えるものだけでもしっかり見ていれば十分にわかることについて、相も変わらず無知なままで。

늘【nul】常に・いつも

そうしたいと思うことについては、常にかならず長続きせず、そうしたくないと思うことについては、常にたやすく長続きする。

님【nim】わが君・大切なお方・様

昔はお慕いするたったひとりの方に使用したもっとも貴い言葉だったのだが、いまでは近しい人々を除いたあらゆる者にあまねく使用するもっとも手頃な尊称。

ほんの一瞬たりとも

七

七

다【taː】すべて／皆

確定的な最後に使われるが、また別のはじまりを開く単語。「これで全部だよ（これでおしまいだよ）」あるいは、「皆殺しだ！（お楽しみはこれからだ！）」

단【taːn】ただし

「あなたならできる。ただし、～ならば」すべてを受け入れるふりをしながら実際には何も許したくないときに倒置法で使えば効果満点。

달 月【tal】

移ろいゆくあらゆる姿が「きれいだ」という言葉で語られる唯一無二の存在。

닭 鶏【tak】

良いことのたとえにほぼ使われることのない動物。

※たとえば「닭대가리」は直訳すると「鶏の頭」。「三歩歩いたら忘れる」の意。

ㄷ

담

塀【tam】

高く堂々とそびえていると目障りだが、低くこじんまりとしていると風景になる。

답

答【tap】

科学者たちは人間の条件を理解するために数多くの問いを投げかけるが、答えが見つからないこともあった。これは間違った問いが生みだしたやむを得ない結果だという事実がほかの科学者によって立証される。そして新たな問いが考案される。そのとき人間の条件を解明する新たなパラダイムが到来する。

닻【tat̚】

錨（いかり）

あれば安逸に過ごすことになり、なければ疲れる。

더【tɔ】

もっと

他人に求めるなら過酷、自身に求めるなら熾烈。

덕【tɔk】

徳

あるお方が持っていたという伝説が残っているが、これを持っていたお方はたいていは匿名なので、私たちの前に現れるはずがない。ただし、周りをじっくり見渡せば見つけることができる。姿を見せないだけ。見つけだすことはできる。

덜【tɔːl】ほどほど

いちばんいい状態。

덫【tɔt】罠

これを利用すると、いつかこれに嵌《は》まることになる。

도【toː】道

人間が求めるべきもっとも貴い悟りとして知られているが、実のところ、ほんの一瞬たりとも見失ってはならないもっとも平凡なもの。

독【tok】毒

毒が身体に広がるときは正反対の毒で癒すことができる。毒を備えもつ生命は毒により自らを守りぬく。

돈【toːn】お金

モラリストがもっとも愛用する素材。

돌
石【toːl】

取るに足らないもの、ひとつ

石を拾います。手当たり次第に拾うのではなく、腰をかがめたり、しゃがみこんだりして、この石あの石ためつすがめつ、うんと時間をかけてひとつだけ選びます。てのひらの上にのせて、じっと石を見ていると、模様が見えます。その模様はこの村の地図が長い間保存されているかのようです。石の中に道も見えます、家も見えます。わかれ道も見えます。握りしめてポケットにしまいこんで、家に帰ります。私の部屋の窓辺にそうやって集めた石がきれいに並んでいます。

　いつだったか、てのひらよりももっと大きな、まるくて形のいい石を拾ってきたことがありました。おかあさんはその石をきれいに洗って、甕《かめ》の中の漬物の重しにしました。いつだったか、ひらべったくて卵形をした石を拾ってきたこともありました。私はその石を開いた本のページを押さえる文鎮にしました。穴のあいた石は革ひもをとおしてペンダントにしました。ぽこんと窪みのある石は水生植物の水鉢にしました。

拾ってきた石、ひとつ。取るに足らないもの、ひとつ。ええ、取るに足りません。これといった使い途はありません。ただの一個の石ころです。使い途がないから、石はあれこれ使い途をひねりだせるモノでもあります。どうするかは石の主人にかかっています。石の用途を発明しなければならないというわけです。

ㄷ

돛【to^{t}】帆

方向を見失って彷徨《さまよ》っているような感覚になったなら、帆を売って錨《いかり》を手に入れ、その瞬間からやり直さねばならない。

둘【tuːl】二

都市の商業空間がいちばんの狙い目にしている頭数。

뒤【twiː】裏・後ろ

成功を追求する者はこれがおおかた胡散臭い、成功を追求しない者はこれがほとんど清く美しい。

득【tɯk】利得

これがなければ、もう愛は何処に。

No gain, no love.

등【tɯŋ】背・背中

動物は平穏で、魚は青く、人は哀れである。

딸
娘【ʔtal】

わがままな幼い娘を叩いた
あのときの母の歳になっていた
娘にたよりきって娘になった母はしかし
ますますわがままになり涙を誘った

キム・ソヨン　詩「十一月の女たち」※より

※本作品は『빛들의 피곤이 밤을 끌어당긴다（光たちの疲れが夜を引き寄せる）』（民音社　二〇〇六年）に収録。

땀
汗【ʔtam】

働いてこれを流す職業がだんだん消えてゆく。ただ悪夢や蔑みや罪の意識から、そしてランニングマシーンの上でも流す。

땅 【ʔtaŋ】 土地

生命が芽生えるところからお金が芽生えるところに変わった。

때 【ʔtɛ】 機

これに遭うことを幸運といい、これに合わせることを能力という。

땡 【ʔtɛŋ】 カン！

日曜日の正午「全国のど自慢」で私たちを楽しませてくれる出演者に響いていた音ひとつ（カン！）。

떡【ʔtɔk】餅

もっとも多様な意味に変奏される比喩のひとつ。一番簡単なことを意味するときも、すごく疲れた状態を表すときも、仕事を台無しにしたときも。

※「떡」の用例
①「누워서 떡 먹기（横になって餅を食べること）」は、朝飯前の意。
②「떡이 되다（餅になる）」は、ものごとが台無しになる、あるいは酔ってぐでんぐでんになるの意。
③「떡을 치다（餅をつく）」は、試験・仕事に失敗する、あるいはセックスするの意。

떼【ʔte】群れ

動物の世界では隊列から離れるのは落伍だが、人間の世界では隊列から離れて進むのは勇気だ。

또【ʔto】もう一回

欲求が強いときに使う言葉。主に子どもたちが繰り返し遊んでほしいとき、目上の人がたびたび忠告しようとするとき、恋人たちが別れたくないとき、言葉が言葉を生むとき、酒が酒を呼ぶとき。

똥【ʔtoŋ】糞

とどめているのも嫌だし、見るのも嫌だけど、ひりだす瞬間の快楽があるという意味において、私たちが使う言葉とそっくり。

뚝【ʔtuk】一思いに・一気に・あるいはその状態を表す擬音

えいやっ！と底力※を発揮すれば川の水もぴたりとせき止めることができる。

※「뚝심」＝粘り強さ、根気、底力、馬鹿力、くそ力

뜰【ʔtɯl】庭

遠い日の写真のなか　幼かったあの頃にだけ存在する背景。

뜸【ʔtɯm】間／灸

ご飯はこれにより美味しくなり、身体はこれにより治療されるが、話をするときはこれによって叱られる。

※「뜸」の用例
①「뜸을 들이다」＝ご飯を蒸らす、もったいぶる
②「뜸을 뜨다」＝灸をすえる

뜻【ʔtɯt】意志

意志あるところに道があった。志あるところに人が集まった。

2

丸を意味する言葉

己

룰【ruːl】ルール

良いことは継承されにくく、悪いことは継承されやすい。良いことは引き継ぐと損しそうだし、悪いことはそのとおりにすれば得しそうだから。

링【riŋ】リング

丸を意味する言葉だが、ボクサーにとっては四角を意味する。

遠くにあるから

ロ

ロ

말【maːl】言葉

もっとも純正な言葉とは、ただ一つの音節だけで成り立っている感嘆詞だ。もっとも性根のない言葉とは、他人をもっとももらしくだますことができると考えているウソだ。何より自分自身をも欺くウソは、自分自身がどれだけ意気地がないかということを立証してしまう。もっとも虚しい言葉とは、愛を誓う言葉だが、その虚しさがあまりにも虚しすぎるために怪しく奇妙な逞しさがある。もっとも聡明な言葉とは、どんなに多くの対話を重ねても結局は手放すことのない自分の偽りを、みずから照らしだす言葉のうちにこそ生まれてくる。

ㅁ

もっとも愚かな言葉とは、人を咎《とが》める言葉だ。強く戒めようとすればするほどだんだん心は閉じていくからである。だが実際にもっとも恐ろしい言葉とは、正確な言葉だ。もっとも正確な言葉とは、無駄なく簡明に集約的に焦点を合わせ感情を伴わないため冷酷だ。もっとも貧相な言葉とは、よく喋る者の口から出てくる。もっとも賢明な言葉とは、その言葉を聞く者が聞きたかった言葉にすぎず、もっとも真実とされる言葉とは、言葉にした瞬間生気がなくなるばかりで、もっとも澄んでいる言葉とは、口にした言葉を全て否定する言葉にすぎない。もっとも説得力のある言葉とは、むしろ、うめきや悲鳴であり、うめきや悲鳴の向こう側で生まれた言葉は祈りにやっと近づくことができる。言葉と人と人の間に流れるぎこちない雰囲気をこじあけるように出てくる唐突な冗談の言葉と他意もなく手を振り交わす挨拶の言葉は、なんでもないままいつも嬉しい。

ㅁ

맘
マム【mɑːm】

自分の子どもの名前のあとに、住んでいる建物や街の名前のあとに「マム」をつけて自分のことを呼ぶ。母親たちが自分の名前を使わないことが文化になってしまった。

※SNS等のユーザー名などに使用する。
たとえば、ソジュンマム(서준맘)、江南マム(강남맘)など。

맛【mat】
味

母を埋葬しキムは父と山を降りてきた。とてつもなく暑かった。汗が流れ落ちるうえにブラウスの襟が擦れて首筋がヒリヒリした。喉が渇いたけれどそれを口に出してはいけないことくらいはわかる年頃だった。山の入り口には登山客相手の露店が出ていた。村の女たちが豆汁※1を売っていた。ゴムでできた大きな塩辛の桶の中に豆汁がなみなみと入っていた。大きな氷の塊がゆっくりと溶けていた。父がプラスチックの容れ物で豆汁をすくってキムに渡した。塩味が効いていた。キムはあれよあれよという間に豆汁を飲んだ。その瞬間スープと一緒に冷たくツルツルしたものが喉を通っていった。幼いキムはそれが小さな魚ではないかと思った。小さい魚が泳いでいるかのように豆のスープは魚臭かった。背広のズボンの裾をぞんざいにまくった父、そこから痩せこけた足首が見えた。父の履き古した靴には赤い土が甲のところまでベッタリとついていた。笑ったらいけないのにキムはしきりに喉がむず痒くって人知れずクスクスと笑ってしまった。

「あの時のあれ、また食べることができるかな?」

キムは聞こえるか聞こえないかくらいの小さな声で呟いた。

ハ・ソンナン※2「夏の味」より

※1煮た大豆を挽きつぶして絞った汁。野菜を入れたり味付けをしたりもする。冷たくして夏に飲む。釜山では寒天が入っているものもある。

※2ハ・ソンナン(河成蘭)(一九六七年ソウル生まれ)作家。ソウル芸術大学文芸創作学科卒業。一九九六年、ソウル新聞・新春文芸に短編「草」が当選しデビュー。邦訳に『あの夏の修辞法』(牧瀬暁子訳　クオン　二〇一六年)などがある。本作品は『여름의 맛(夏の味)』(文学と知性社　二〇一三年)に収録。

망【maŋ】
網／亡

名詞につけて使う。関係網、社会網（ソーシャルウェブ）、通信網、人間網、流通網、販売網、社会連結網（ソーシャルネットワーク）、交通網、情報網、連絡網等々。そして蜘蛛の巣に鎮座する蜘蛛になろうと網に近づいたあげくに蜘蛛の巣に安住する餌になる。

매【mɛ】
鞭

幼い頃は大人から打たれていたが、大人になったら良心から打たれるべきもの。

맥【mɛk】脈

これをうまくつかむ者を知識人※1といい、これをうまくはかる者を知性人※2という。知識人と知性人があまりに多い社会ではあるが、これをうまく作る者とこれをうまく渡り歩く者は、欲望の塊の人間ばかりである。

※1知識人とは、高い知識や教養を持つ人。インテリ、有識者ともいう。
※2知性人とは、知識を用いて物事を分析・判断できる人。知性人は権力におもねらない。人としての恥を知る。知性人は知識人でもあるが、すべての知識人が知性人ではない。

ㅁ

먹【mɔk】墨

墨も真っ黒ならば、すみずみまで塞いだ心も真っ黒の闇だ。ゆえに、ふたつとも白い紙にくっきりとした文章を書かしめる。

먼【mɔːn】
遠い

弘大《ホンデ》前よりマレー地区がよかった
私の妹はヒョンよりアリスがよかった
チョルスよりポールがよかった
国語辞典より世界大百科がいい
若い娘たちの香水の匂いより唐の国の硯ですった墨の匂いがいい
科学者たちの天王星より詩人たちの月がいい

遠くにあるからここから

海苔煎餅より黄色いマカロンがよかった
もっと遠くにあるから
家族から、幼かった頃夕方に受けたお仕置きから

エリアール※1よりパク・ノへ※2がよかった
もっと遠くにあるから
私の数ある傷口から

鉛筆より金槌がいい、消しゴムより十字のネジが
聖書より仏典がいい
少女たちが老人よりいい

もっと遠くにあるから

私の机から
怒りから
私から

あなたの歌がよかった
遠くにあるから

ロ

喜びから、沈黙から、歌から
革命が、哲学がよかった
遠くにあるから
家から、羽毛のような雲から、心臓の中の黒い石から

ジン・ウニョン※3　詩「そのはるか遠くに」

※1エリアール（ポール・エリュアール）（一八九五―一九五二年）　フランスの詩人。ダダイズム・シュルレアリスムを牽引。主な詩集に『自由』『ゲルニカの勝利』がある。

※2パク・ノヘ（朴勞解）（一九五六年全羅南道咸平郡生まれ）　詩人・写真家・平和運動家。一九八四年、詩集『労働の夜明け』を出版。邦訳に『いまは輝かなくとも　朴ノヘ詩集』（康宗憲　福井祐二訳　一九九二年）がある。

※3ジン・ウニョン（一九七〇年大田広域市生まれ）　詩人。梨花女子大学哲学科、同大学院を卒業。二〇〇〇年『文学と社会』春号に詩を発表し、デビュー。二〇一一年、現代文学賞受賞。本作品は『훔쳐가는 노래（盗んでいく歌）』（チャンビ　二〇一二年）に収録。

멋【mɔt】洒落／趣

「在る（있다）※1」あるいは「成る（지다）※2」という言葉の前につけて使うときだけ命が宿る。

※1「멋＋있다（在る）」＝洒落ている、粋だ、味がある
※2「멋＋지다（成る）」＝素晴らしい、素敵だ、見事だ

멍【mɔŋ】あざ

怪我をした部位はより美しくなる。黄、緑、青、紫。半分以上が虹と同じ色で成り立つからである。

ㅁ

명【mjɔːŋ】寿命／命

機械はあまりにも簡単に寿命が尽きてしまい、人間はあまりにも長く生きる。

모【mo】角

角ばった石はのみで打たれる（＝出る杭は打たれる）が、角を鮮明に作ることで煌めく宝石が生まれる。

목【mok】首／喉

頭を支え、挨拶をし、食べ物を飲み込み、咳をし、泣くことに耐え、挙げ句の果てには息を止めることもできる。

몸 体【mom】

私たちがなにより信じて生きていること。私たちがなにより崇拝して生きていること。私たちになにより大きな失望を与えていること。私たちになにより様々な失望を与えていること。私たちに相変わらず新しい失望を与えていること。そうしてもっとも執着していること。だから、体は私たちに伝える。体の言葉で。体のやり方で。体らしく。体の言葉に耳を傾けることが「感覚」であり、感覚によって体の言葉を聞くことが「病み」であり、体の言葉に答えることが「痛み」であり、体が自分の言葉に耳を傾けてくれたことに感謝を表すことが「回復」だ。

묘 墓【mjoː】

一人の人間の生涯をもっとも克明に要約してくれる場所。

문 門【mun】

門は開けて出入りする場所だが、壁はそれを支えにして立ち上がるまたもう一つの門だ。

물【mul】
水

なにより味のない味。それゆえなにより最高の味。だけれどもなにより最後の味。それにもかかわらずなにより最初の味。見渡せばなにより平和の味。飛び込めばなにより快楽の味。氾濫すると恐怖の対象。足りないと貧窮の要因。一口で喉を潤し、一升で木を潤し、一杯のバケツで体を潤す。

미【miː】
美

すべての美しさはあらゆる権威よりもさらに権威がある。真、善、美のなかで唯一生き残った人間の徳目だ。しかし不公平だ。女性の真と善は美の地位を得られないことが多い反面、男性の真と善は美の地位をたやすく得る。

ㅁ

밀【mi:l】密／蜜

ときには甘さを、またときには隠しておきたい秘密を意味することからして、より甘いものは秘密になるべきで、秘密は秘密になる瞬間がなにより蜜の味がするということだ。

밑【mit】下／底

位置を示す場合に下を意味する言葉としても使い、序列を示す場合に下の人を意味する言葉としても使う。居所であれ立場であれ、この位置にとどまろうという人は誰もいないし、ただ抜け出すために努力をするだけだ。だが基礎や基本を指し示すときもこの言葉を使う。

半分だけ考えて、半分だけ話す

日

ㅂ

밖【pak】外

システムの外で、似た者同士の絆で、本当にしたかったことをする。本当にしたかった方法で本当にしたいことをして、本当になりたかった人として生きていく。こんなことだけがこの時代には唯一の決起になるのではないか。

반【pa:n】半／反

半分だけ食べて、半分だけ眠る。半分だけ働いて、半分だけ遊ぶ。半分だけ考えて、半分だけ話す。半分だけ聴いて、半分だけ見る。半分だけ生きていて、半分は死んでいる。詩を書いて、その半分すらも消してしまう。

ㅂ

발 足【pal】

あなたの手のひらは足のうらのようだった。一生のあいだ道具を握って、とうとうなにも握れなくなったとき、拳を握った。眠りにつくときにだけ、するるとひらいたというその手で、あなたは控えめなこのものたちに何よりも先に握手を求めた。

밤【pam】夜・晩

労働者がようやく完全に膝を伸ばして横になる時間。窓際の植物たちが面積をすぼめる時間。バスケットボールを跳ね返す空っぽの運動場みたいに誰かの魂が鳴り響く時間。だから、詩人にとってはごはんをおいしく炊くための水を「謀る」時間。

ㅂ

밥【pap】
飯

丘のふもとに人々の暮らしの灯りが迫ってきます　白い息を吐きながら丘を下ってくるあなた、片方の手にぶらさげていた包みをちょっと降ろして、片方の肩にかけていたカバンをその横に置いて、あなたは私を見上げます

待っていたタクシーがやってきて、あなたはカバンと包みをしっかりと手に取って車のドアを閉めます　荷物を忘れまいとして　あなたを忘れてしまったあなた、私の傍らで何かを待ってあなたが立っています　うとうとと眠りに落ちてゆきます

起こそうとしてそのままにしておきます　私のこぶしはどれも　白いご飯となって咲きほころんで、そのひと粒ひと粒が白々と暮れゆく夕べにすべて落ちてしまうまで、そうしてあ

なたの布団になるまで、私はひとり　一杯の熱いお茶をゆっくりと味わって　この冬を越そうと思います

雪が降ります　あの夜を覆いつくす白い布団のように雪が降ります　足音が聴こえます　あなたは近い道を遠回りして、がらんと冷えきった空家に入っていってしまって、あなたがあとに残していったあなたと私は、この雪をすべて身に受けて立っています

春が来るまで　こぶしを開きはしないでしょう　私のこぶしはあなたのための白いご飯でどれもいっぱいです　ふっくらとしています　新しい春に新しい食膳を調えます　次々と開くあたたかなご飯を　あなたはぜんぶ召し上がってください

キム・ソヨン　詩「木蓮の木があった路地」※

※本作品は『빛들의 피곤이 밤을 끌어당긴다（光たちの疲れが夜を引き寄せる）』（民音社　二〇〇六年）に収録。

방【pan】部屋

私は部屋の家具の配置をよく変える。きのうは机を西の窓から東の窓へと移した。東の窓にあったソファは西の窓へ。西の窓から強烈に差し込んでくる午後の陽射しに耐えきれずにこんなことになったのだけど、東の窓に生まれた新しい私の場所が今はすごく気に入っているのだけど、こまごまと整理整頓もきりがない。きのうは一日じゅう雑巾を手に部屋の隅に積もったほこりをひたすら拭いた。机の下に四つん這いで潜りこんでぐしゃぐしゃのコードをまとめようとしては諦め、ソファテーブルに積みあがった本を整理しようとしては投げ出した。かろうじて机の上だけは片付けたきり、そのまま机に向かってまずはたまっていた宿題からやっつけていった。座る場所を変えるだけで、かくれんぼで鬼の目をうまくかわしたような気分になった。短い文章をひとつ書き上げたときには、向かいの家の窓に灯りがともっていることを発見した。誰かが私のように夜を明かしている部屋を発見した。栄光教会の尖塔の中にカササギの巣があるのも発見した。尖塔にはカササギの巣が団地のように段々と連なって三軒。朝日がのぼる頃にいつも聴こえる鳥の声はあのカササギたちのものだということにあらためて気づいた。そんなふうにきのうは朝まで新しいものたちが私の前に現われた。

밭
畑【pa^{t}】

肥えていれば玉の畑、蜜が集まる花畑は蜜畑、雨が降って水がにじめば染み畑。角は畑角、田畝《でんぽ》の両果ては畑頭、仕事をして畑頭に出て休むことは畑頭休憩。小さな畑は一区畑、山の頂の小さな畑は雲畑、傾いていたら傾斜畑、ただ少し傾いたらば順平畑、坂に階段をつくれば階段畑、ぽつんとくぼんだ山地には穴畑。永く放っておかれて硬いのは黒釘畑、どろどろすればモチノキ畑、砂でできていたら砂畑、細石が多ければ細石畑……。国語辞典には失われた「畑」の単語たちがあふれている。畑は私たちの言葉の畑に違いなかった。

배【pɛ】船／お腹

これに一緒に乗った他人をライバルと看做《みな》す。お腹を満たすために。

백【pɛk】百

「一番多いこと」を慣用的に意味する数字。「信じられない程多いこと」を意味するときは「千」や「万」を慣用的に使う。だから「一千万に（とんでもない）※」という言葉は絶対そんなはずがないという否定の意味に使われる。

※「천만에（一千万に）」の用途としてたとえば、「감사합니다（ありがとうございます）」と言われたら、「천만에요（とんでもないです／どういたしまして）」と謙遜して使う。

ㅂ

밸【pɛːl】腸／自尊心

もつれた人は多くても、ほどけたという人はいない。

벌【pɔl】罰

罪を犯せば受けねばならないとされているが、受けさせるために罪をつくりだす場合も多い。

법【pɔp】法

秩序を維持しようと創案されたが、権力を庇護するために使われる。

벗
友【pɔːt】

同志とはささいな意見の違いを解消するために議論をしたのちには互いに同じものを守り合うものであり、友とはささいな意見の違いから濃密な対話を交わしたのちには互いの違いに魅《ひ》かれるものである。

벼
稲【pjɔ】

稲は実るほど頭を下げるというけれど、いくら見てもそれはうつむいているようだった。

ㅂ

벽【pjɔᵏ】
壁

積み上げるときより、倒すとき、より大きな喜びがある。

별【pjɔːl】
星

「角ある石はのみで打たれる※」というが、星は角が五つ。

※98ページ参照

병【pjɔŋ】瓶／病

落ちれば割れて、抱え込んでいれば痛い目に遭う。

복【po^k】服／福

長寿は五福※1のうちの一つだというが、ほかの四福（あるいは死服※2＝喪服）なくして長生きするほど悲惨なことはない。

※1韓国語で五福と五服は同じ表記（오복）である。五福とは、『書経』の一編「洪範」にある人生の五種の幸福、長寿、富裕、無病息災、徳を修めること、天寿を全うすることをいう。五服とは、斬衰・齊衰・大功・小功・緦麻のことをいう。儒教思想では、人が死んだあと、その亡人との親疎厚薄によってそれぞれ異なった期間の喪服を着用し、哀悼の意を表す。

※2韓国語で四福と死服は同じ表記（사복）である。

본【pon】範／鑑（かがみ）

これが不在の時代。これになる人間はこの世俗で生き残っていない。

볼【pol】頬っぺ

頬の真ん中の部位。どうやら頬は叩くための場所のようであり頬っぺはポッポ（チュッチュッ）をするための場所みたいだ。

봄【pom】春

私たちがなによりもよく知る奇跡

冬の間静まりかえっていた路地から子どもたちの遊ぶ声が聞こえてきたなら、ああ、春が来たんだな、と私は思う。子どもたちは真っ先に春を感じて、路地に出て、群れ遊んで、声をあげる。遊びのルールを発明していきながら、けんかをして、しまいには笑いだし、わあわあ騒いで、走りまわる。その様子にじっと耳を傾けていると、私も仲間に入れて、と言って外に出てみたくなる。幼い頃には、子どもたちが遊ぶ路地の端っこで、ほかの子たちが笑えば一緒に笑い、ほかの子たちが深刻になっていると一緒に深刻な顔をして、ずっと座り込んで、そのうち自然に子どもたちの輪に入って遊んでいた。クサノオウを折って、茎の中の汁を絞り出して、舌の先につけてみたり、柳が茂れば枝を取って、柳笛を作って吹いてみたり。新しく越してきたばかりの子が、私みたいにニコニコしてその様子を眺めていたなら、さりげなく仲間に入れてあげて、路地を遊び歩いた。このごろは子どもたちはどんなふうにして遊んでいるのだろう。それが気になって知りたくもあるのだけど、まだ春は気配だけなのか、近所の遊び場にも路地にも子どもたちの姿はない。

学校に通っていた頃の春は、いつでも、新しいノートに名前を書く時間だった。カレンダーの裏側の白い面を教科書のカバーにして、新しい鉛筆のお尻のところに名前を書いたラベルをぐるりと巻く時間。新しいノートをきれいな新しい文字でいっぱいにしたくて、新しい下敷きを買って、フルーツの匂いの消しゴムも新しく買った。この新しいモノたちがもたらす新しい気分は、新しい学年をとても真面目に過ごすことができそうな予感をプレゼントしてくれた。長続きはしないのだけど、やる気満々になるのだった。まだよく知らない担任を見つめて、よく知らないクラスメートに囲まれて、溢れんばかりの好奇心で顔を輝かせて、教室に座っていた。そのうちぐちゃぐちゃになるのだけれど、その時期はいつだって背筋もピンと伸びて、机の引き出しには教科書もきれいにしまわれていた。春は、新しい学年の新しい出発をふりまいてゆく魔法の時間だった。

二十歳になってからは、新しい春には、新しい服が必要だった。いつも黒か灰色、さもなくば黄土色か青の服ばかりだった私には、黄色や薄紅色、あるいは赤や若緑の服が必要だった。すでに春を迎えた私の顔は若緑だったり薄紅だったりしていただろうに、あの頃はそのことに気づいていなかった。あの頃はただただ、花壇で先を争って咲きほころぶ花の華やかさを真似てみたり、友人たちの服の色に紛れてしまうのがいやだったりしたのだろう。厚手の冬物コートを衣装ケースにしまってから、春服を取り出してクローゼットに掛ければ、いままでよく着ていた服がなぜかくすんで見えるのだった。スニーカーを引っぱり出し、足首の見えるジーパンをはき、布製のバッグを肩に掛けて、出かけた。とはいえ、図書館か居酒屋に行くか、アルバイトに行くのがせいぜいのところ、窓から差し込んでくる美しい陽光で満ち満ちているバスの座席でこっくりこっくりうたた寝をするくらいのものだったけれど、あの頃は私自身が花であるべき頃だった。

いつの頃からか、春になると、気が滅入った。くすんだベールを剥いだかのようにきらきら明るい空、咲いては散る花々に、少しばかり気後れしたのかもしれない。だから花を見れば、美しいと感嘆するよりも前に、ぎゅっと目をつむってしまった。花はあまりに華やかで、私はあまりに萎《しぼ》んでいた。花咲く道を歩き、輝く顔の少女たちが笑いさざめくのをそっと見て、「いい年頃ね」と呟いて自分の影を眺めやった。生気を失くした私の影。どんなに暖かな春の日にも、ドアの取っ手を握るようにして冬のしっぽを握っている私の影。あの頃は咲き誇る花よりも、散りゆく花がよかった。趙芝薫《チョジフン》※の詩句「花散る朝は／泣きたくなるんだ」をようやく本当に理解するようになった頃だった。咲き誇る花から迫りくる疎外感をひたすらやりすごしていった末に、花が散る頃になるともう力も尽きて悲しくなるのだった。はらはらと散りゆく花を眺めて、散りゆく青春をしみじみと実感していたあのときの悲しみ。それは、今思えば、とてもよいものだった。その奇妙な寂しさに突き動かされて、なによりも多く花の物語を詩に散りばめた頃でもあった。

今年は三月も初めから、ずいぶんと葬儀に参列した。友人の親たちが過酷な冬をようよう耐えぬいた末に、まだ花が開きもしないうちに亡くなった。黒い喪服を着て、喪主となった友人の悲しみの顔を見つつ、テーブルを囲んで通夜の赤いユッケジャンを食べた。老人たちをあの世にもっとも多く連れていく三月。梅の花も咲かぬうちに老人たちがひらりひらりとこの世から旅立ってゆく三月。冬なのか春なのかわからぬ妖しい三月。冬よりもっと寒さが厳しくなって、冷たい風が足首や膝小僧や首筋にひゅうひゅうとからみつく三月。何度かクリーニング屋に冬のコートを持っていっては、また取り出して着た今年の三月。

うちの近所の路地では、やっとのことで花をつけた木蓮がそろそろ散る気配を見せ、桜はちょうど咲きはじめたところだ。今年は思い立って開花地図をインターネットで調べて、カメラを手に花を訪ね歩いた。人々はまだダウンジャケット姿だが、花はだんだんと北上してゆく。

ある友人は春の山菜を丁寧に和えた心尽くしの食事に招待してくれた。またある友人はオタカラコウを漬物にして送ってくれた。私は市場に出かけてノビルとナズナとヨモギを買ってきてテンジャンクッ（味噌汁）をつくった。まだまだ寒いけれど、春が短くなっていつか消えてなくなるかもしれないという思いにかられて、しきりに「春」という言葉を声に出しては、そのあたたかさを呼びよせてみる。春はただ春なのではなく、奇跡のなかでも私たちがなによりもよく知る奇跡なのだから。

※チョ・ジフン（趙芝薫）（一九二〇―一九六八年）韓国現代詩の主流を完成した青鹿派詩人。詩集に『青鹿集』（一九四六年）などがある。キム・ソウォル（金素月）とキム・ヨンナン（金永郎）をはじめ、ソ・ジョンジュ（徐廷柱）とユ・チファン（柳致環）を経て青鹿派に至る韓国現代詩の主流を完成することにより、二十世紀の前半と後半の韓国文学史をつないだ。なお、本作品に出てくる詩句は、詩「落花」の一部。

봉【pɔːŋ】かも

捕まえるにはいいが、
なるのはいやなもの。

부【puː】富

これひとつで値のつくものはすべておのずと
手にすることができる。魂のほかは。

북【puk】鼓

空っぽの皮を叩けば音楽になるように、空っぽに
なった瞬間に私たちからも音楽が生まれ出る。

분【pun】【puːn】
粉／憤

顔にたくさん塗れば、望んだ私の顔と近づいて、胸にいっぱい積もれば、望んだ私自身と遠ざかる。

붐【puːm】
ブーム

これを起こした者を骨の髄まで消費して捨てる。

붓【put】
筆

剣と弓と銃は危機が去った瞬間には下ろして、筆は危機の瞬間に折るというが、筆も剣と弓と銃とともに闘うために手に持つようになる。闘い方が違うだけだ。

빈【pin】空／がらんとしている

広すぎさえしなければ、一番良い状態。

빗【pit】櫛

昔はハンカチと一緒に皆が身に付けていた必需品。

빚【pit】借り／負い目

光の方へ行くためにしばらくの間背負うと信じているもの。光の方へと背負っていったつもりがいつのまにか負債の方へ引っ張られていく身の上になること。心の借りは心で返してこそ光も差すということ。

ㅂ

빵【ʔpaŋ】パン

パンの匂いは穏やかならず

夏の朝。車の列は長々と伸びて動かず、人々は眉間に皺を寄せていたり、サングラスをかけていたり、ときには日傘をさしていたりもしています。総合病院では車椅子の人たちがパジャマを着たまま建物の外でタバコを吸ったり電話をかけたりしているでしょう。図書館はいつだってひそやかで、その隣の食堂はいつだってにぎやか。ひそやかでも、にぎやかでも、真夏の真昼間の陽射しを受けて、窓ガラスはきらきら眩しく、熱くなったアスファルトの道はべたべたするでしょう。アイスクリームの上を流れ落ちるチョコクリームみたいに。

けだるく焼けつくような陽射しを浴びるときっと、体が紙きれのように折り畳まれていくような気分になります。折り畳んだ紙を一つ、また一つと開いて広げていくように、一ブロック、また一ブロックと通りすぎてゆくんです。駐車違反の取締係の者たちはいつでも車に鼻を押しつけて嗅ぎまわり、商店街は守りも堅く安全に見えます。パナミ、パリバケット、トゥレジュール、クラウンベーカリー、新羅名菓、ハンスケーキ……。パン屋がやたらと多いこの通りを、毎朝私は朝食抜きで自転車に乗って走りぬけていきます。

パンの匂いはもう本当に不穏です。空腹と温もりとを同時に呼び起こしますから。空腹は私を打ちのめし、温もりは私に力をくれますから。私はパンの匂いを嗅いで打ちのめされたかと思うとよみがえり、よみがえったかと思うと打ちのめされるかのようなのです。旅先の遠い国でパンばかりを買って食べていた頃のことが思い出されます。そう、あれは見知らぬ都市をひたすら歩いていたときのことでした。パン屋のショーウィンドウを覗くだけでよだれが出たものでした。看板までもがおいしいんですよ。入口だっておいしいんです。どうしたってドアを押して中に入ってゆくほかなくなりますよね。トレーとトングを手にして、香ばしそうなパンを一つ、また一つと厳選するあの気分。なぜだか食事と贈り物が一つになったような心持になります。私どもが私に贈る温かな挨拶。ごはんのようにお腹にずしりとはこないけれども、ごはんよりお洒落な気分になります。

来る日も来る日も、私の暮らすこの寒々とした都市で繰り広げられている、この温もりの行列は、もう文字どおり不穏で厄介です。どうして毎度毎度あんなにもパンの匂いに無力になるのか。魅入られたかのように引き寄せられて、ふらふらと店の中へと入っていって、財布を開いてしまうなんて、ますます不穏です。やりすごさねばいけないものに心を奪われるという、この衝動が厄介なのでしょうか。この寒々とした都市で、パン屋から漂いだすあの甘美な温もりは、いったいどうして、どういうわけで、やるせないのでしょうか。パンの匂いが通りに沿って次々とずっと漂いだしているから厄介なのです。信じるにあたいするパンの匂いを嗅ぎわけたくなるからなのです。どのパンの匂いにも揺さぶられる私がいるからなのです。

ㅂ

뺨【ʔpjam】
頬

その人のふっくら（福禄）が表出される場所。

뻥【ʔpɔŋ】
嘘ぽん／話をポンっと盛る

ほんとうのことをよりほんとうらしくしようと、必死に盛って誇張されたほんとうの言葉。

뼈 骨【ʔpjɔ】

舐めるように食べつくしたあとにこれを私が残しておいたならば、正餐を満喫したことになり、野のけものたちがしゃぶりつくしたあとにそれを残したならば、凄惨な場面を目撃したような気持ちになる。

뼘 指尺【ʔpjɔːm】

距離を測る単位。すごく近い距離を表すのに一番向いている。

뽐【ʔpom】ズバ抜けていること

ズバ抜けていることを意味するが、その状態を見せつけたいときに主に使われるもので、「뽐내다（自慢する）」という形でよく使われる。

뿔【ʔpul】角（つの）

犬歯がない草食動物が、自身を捕まえて食べようとする敵に向かって押し立てるもの。攻撃のためではなく、防御のためのものだ。噛みちぎることは捕まえて食べようとする攻撃に近く、ぶつかってゆくことは捕まって食べられないようにする防御に近い。

ㅂ

入

新年最初の日

人

삯【sak】賃／報酬

「값(価格)」に似ているが、使われ方が違う。「バス賃」はバスに乗るのにかかる費用で、「バス価格」はバスを買うのにかかる費用だ。人には、それゆえに、価格をつけるわけにはいかず、賃金で値打ちがつけられる。

산 山【san】

平地からそびえ立つ地形を指す一般的な言葉だが、山と丘は区別され、その基準は国ごとに違いがある。韓国の場合、一〇〇メートルが基準で、それ以上を山と呼び、それよりも低ければ丘と呼ぶ。イギリス映画『ウェールズの山 *The Englishman Who Went up a Hill but Came down a Mountain* ※』は、イギリスの山の基準をエピソードにしている。

※一九九五年製作、イギリス映画。第一次世界大戦時、イギリス軍の測量士がウェールズにある小さな村の山を測量しに来る。しかしそれは基準値に及ばず丘と認定され、村人が山にするために奮闘するヒューマンストーリー。主演はヒュー・グラント。

삶【saːm】人生

突然変異してしまった……

子どもだった頃私たちは、大人というものはただただ共感力がないため、一方的な命令でしか対話のできない、愚かな人だとばかり思っていた。本当は自分たちが自分勝手なのに、子どもたちを「お前はわがままが過ぎる！」と押さえつけようとして、情けなく見えた。忙しく、遊ぶすべも知らず、人付き合いもできず、利益ばかりを優先する、情けない彼らを見ながら、大人にはならないと心に誓っていたものだ。愚かな大人たちを嘲笑う童話を読み、憂さ晴らしをした。もちろん童話は童話らしく、その結論で反省と和解を獲得し、すべてが丸く収まるようになっている。私たちがもっともよく知っている、私たちの両親や先生にそっくりな、童話のなかの大人たちに向かって悪態をつき、快哉《かいさい》を叫び、最後には許しながら、本のなかで暮らしていた。しかし、童話のなかの主人公を真似て、大人たちに向かって悪態をついたり、復讐をしたりすることはなかった。ひたすら大人になるのが怖いという思いを募らせながら大きくなった。大人になりたくなかった。しかし大人になりたくないからと、ならずにすむわけもなく、どうしようもなく私たちは大人になった。

童話から遠ざかった十代は、すべての時間を学校と塾ですごした。ただひとつの目的を追い求めるその場所で、十代の私たちは自分に課せられた抑圧に耐えるのに一生懸命だった。腹立ちまぎれに、不当な抑圧に対する怒りを、その抑圧の主体に対してぶつけることも、ほとんどなかった。誰も見ていないところで怒りの涙を流し、同じ怒りを分かち合う友人たちと毒づくのが精一杯だった。言われたとおりに勉強をし、暗記をし、試験を受けた。この過程のみが有能な大人に成長しうる方法なのだという事実に、ほとんどの子どもが早々と気づき、二十四時間営業のコンビニのように、勉強に打ち込んだ。私たちは打ち込むこともなく、はみ出した子どもたちは学校に残ることはできなかった。私たちは打ち込むこともなく、はみ出すこともない十代をすごした。実社会はこんなシステムで動いているわけがない、という曖昧な希望のようなものを抱きながら、問題集の余白に落書きをして時間を浪費する、ぼんくらな人間になっていった。卒業して学校から逃れ、世の中に出ていくことだけを待ちわびた。大人になることだけを待ちわびた。大人になれば、逃れられるとばかり思っていた。大人は、もはや制服を着て毎朝運動場で一列縦隊に並び、むかつく校長の話をこれ以上聞くこともないとばかり思っていた。ろくでもない問題とろくでもない答案で試験を受け序列を決める社会に、これ以上暮らさなくてもすむと信じていた。十代に課せられた過酷な抑圧を無事に耐え抜き、二十歳を迎えたら、毎日毎日を遠足や修学旅行のようにすごせるだろうとも期待していた。やらされる勉強ではなく、自分のために進んで勉強ができるだろうとも期待していた。クラスに閉じ込められたままで友達を探すのではなく、広い社会で真の理解と真の対話をとおして友に出会うだろうとも期待していた。そうした期待感から、古臭い教師の命令や、自分の味方か敵の二種類しかいないと考える年頃の集団にどんなに傷つけられても、歯を食いしばり耐えて耐え抜いた。

制服を脱ぎ捨てられるようになった二十代は、どんな大学に進学し、どんな進路を選んだかによって、すでに階級が生まれていることを感じとりながら、幕が上がった。新たな芸術文化を享受できるだろうという期待とは異なり、ごく自然に親しむことができる文化といえば、「飲酒」文化と「消費」文化くらいしかなかった。私たちはみな二十代の解放感を味わうため居酒屋に行き、ショッピングモールに行った。そこで、同じ酒を飲み、同じ服を買った。異なる酒、異なる服を選ぶ変わり者は、白い目で見られた。同じような場所で、同じような消費をし、同じような一週間を繰り返した。知りたくてたまらないことを、手をぱっと上げて教授に訊くたび、同世代から遠のいた。資格証と就職に向けて、ＴＯＥＩＣ、ＴＯＥＦＬの試験準備をするため図書館を訪れる学生たちのあいだで、キリギリスのように八〇〇番台に分類される文学書を読んでは、「そんな本は家に帰って読め。ここは受験準備をする者たちのための空間だ。

勉強する空気が乱される」と指摘され、追い出された。ある者は英語学院か就職準備学院で多くの時間をすごした。まるでまた十代に戻ったかのように。十代のときは、教師と警備員の監視のせいで、学校の外に出たくても出られなかったのだとしたら、二十代は誰も実際に強制などしていないにもかかわらず自発的にそうした。自発性。これに深い意味を見出し、確信に満ちていた。一方、図書館の外で自発的に楽しく日々をすごす者たちも確信に満ちていた。学生運動をするため、全学生自治会でポスターを作成し、自発的に集会を持つ者たちも確信に満ちていた。誰もが希望を胸に抱いていた。

ある者は結婚をし、ある者は就職をした。ある者は旅に出て、ある者はより良いビジョンを求めて専攻を変え、学校を変えた。誰もが自分の夢を一番高いところにずっと掲げつづけて、旗のように力一杯はためかせた。夢と現実の乖離を自力で狭めようと、ひどく骨を折った。そして、時給のアルバイトであっても、インターン社員であっても、大学院に進学しても、母親になっても、みな一銭の重みに気づきはじめた。世の中が思ったより非情だという事実に気づきはじめた。アルバイト先の社長を見て、会社の上司を見て、指導教授を見て、嫁ぎ先を見て、あんな非情な人間になるまいと心に決めた。

そうやって生きてきたので、私たちの三十代はもっとも卑屈な時期をすごすしかなかった。他人が持っているものと自分が持ちえないものとが、なによりもはっきりと見えはじめた。能力を発揮し、能力以上を発揮し、渇望していたものを手に入れるため、それぞれが力を尽くした。ある者は時計、カバン、自動車、家。ある者は仕事。ある者は配偶者。ある者は学歴。消費社会から感染したあらゆる欲望を成就させることが、あたかも当初から将来の希望であったかのように錯覚しはじめた。こうした欲望をより多く成就させるために、私たちが何よりもまず身につけるべき能力は、もはや勉強などではないという事実に、初めて気がついた。列にきちんと並ばねばならず、自分の味方を組織的に作らねばならず、自分の声を上げるよりも、体制が望む対応をいち早く察知できなければならなかった。ほとんどすべての人間関係は、もはや友情ではなく人脈になり、交流ではなく取引になった。心にもないお世辞と、心にもない義理を演じるために、自尊心と魂を箪笥《たんす》の奥深くにしまいはじめた。そうしながらも少しの間だけそうするのであれば、と耐えた。少しの間だけ耐えて、今よりもましな条件をつかみ取れば、また自尊心と魂を箪笥の中から出してきて、懐かしい思いで装着できるだろうと信じていた。このようなものを、いわゆる「現実的な人間」だと把握した。同僚たちとの飲み会で、互いに肩をポンポンと叩きながらささやきあった。「自尊心を捨てろよ。自尊心では飯が食えない」居酒屋のテーブル、冷めていく肴の脇に、自尊心を使い捨てのおしぼりのように置いて、同僚と共にその場を離れた。

四十代。箪笥の中にしまっておいた自尊心と魂が、ナフタリンのように小さくなっていって、ついには消えてしまう時間をすごす。どこに置いたかなぁ、と言いながら探そうとしても見つからない。仕事がもっとも多く押し寄せてくるため、箪笥を開ける暇もない。社会がこれほど自分を必要としているのだ、人生に成功したのではないかと、あえて尊大に振る舞ってみる。人生に残された時間を数えはじめてみる。年老いた両親は、両親なりに段々と多くのお金がかかる状況となり、家族の扶養を担う肩は重みを増し、時には恨めしく思うものの、家族に対する責任感で、折れない人間になっていく。父母の面倒を見ることができるという意味において、初めて責任感ある大人に成長したのだという事実が、なんとなく誇らしく思える。組織社会の小さな不正を目撃しながら、その片棒を担ぐようにして加担し沈黙することに、自分が得たささやかな地位を利用して、自ら小さな不正を作り出すことに、段々と手馴れていく。自らを恥じるたびに、皆がそうやっているのだから、自分だけ正直に生きることはできないと、正当化した。自分が属する組織社会のためにやることなのだから、良心の呵責は一瞬だ。むしろ、義理を果たしたような気分になった。正論をふりかざす毒舌家にならずにすんだことに満足し、その結果、敵を作らなかったことに満足し、「終わり良ければすべて良し」という言葉を人生のモットーにしはじめる。組織のためにしばし手を汚す瞬間、恵みのように与えられる上司からの庇護と偏愛に中毒になりはじめる。自尊心と魂なんて、一人でいる瞬間にだけ考えることだと、自我を二元化しはじめる。組織の中で有能であるということは、誠実であるとか創意力があるという意味ではもはやないことを知る。巨額の予算を受注し、報告書に細工をし、同じ小さな不正に手を貸した者たちの懐をことごとく暖め、それを隠蔽し、念入りにゆっくりと事業を進めていくことより、少ない費用で早く完了させることを、誰よりもやすやすと、こともなげにやり遂げるときに有能な人材になる。そうこうしているうちに、私が抱きつづけていた欲望はほぼ叶えられていた。たとえ自分をおいて他にはいないと思えるようなことはなくても、家があり、車がある。通帳からは遅滞なく公共料金とクレジットカードの利用料金が引き落とされていく。潤沢ではないが、残高が寂しくはない通帳が引き出しの中に光っている。ようやく安定した人生が始まったようだ。部下にやらせて成し遂げた実績に、自分の名前を刻んでいきながら、無数の付加価値を生み出していく。目を閉じ、各種書類に署名をする。こうしなければ落伍することは分かっている。周辺に誰も残らないことは分かっている。孤独に老いていくしかないことは分かっている。つねに除け者にされながら。通帳の残高を心配しながら。友人も去っていくのを実感しながら。魂を売ってでも私たちを食わしてくれという家族の熱い視線を受けながら。

こうして生きてきた私たちの時代の大人、もはや私たちの誰ひとりも知性人※1たりえない。大学にいるといっても、たいそうな学問をしている学者だといっても、ど

人

んな分野であっても、実はどれも同じだ。著書が多く、論文が多くても同じだ。あらゆる資本に対して超然とした微笑を浮かべ、新世代の前で自己啓発について講演する顔ぶれも、知性人ではない。私たちは知性人というよりも資本の僕《しもべ》※2に近い。大規模であれ小規模であれ、明らかなものであれ曖昧としたものであれ、私たちは自分が属する準拠集団にダメージを与えてはならない。準拠集団のなかで善悪をあげつらい、正論を言ってもいけない。内部告発者は、私たちが学んできた倫理観では反倫理的だ。こうして言葉を飲み込む。慎重な沈黙が最善となる。真実を知りたがる声が追及をしてきても、知らぬふりを押し通す。上の命令で動かなくてはならない。命令の道徳性については、熟考してはならない。自分が義理で加担したことが道理に外れ、曝露《ばくろ》されたとしても、時間が解決してくれると信じ、口をつぐまなければならない。すぐに忘れ去られ静かになると信じることが、すなわち人生の年輪というものであることを忘れてはならない。なにより、そのいかなる過ちにも反省をしてはならない。謝罪してはならない。反省と謝罪は弱者のなせるわざであり、権威を失うことだという事実を忘れてはいけない。

私たちが突然変異の大人に成長していく過程で、つまり、人間性を喪失し、自尊心と魂を箪笥の奥にしまっておいた時間のなかで、数多くの災難が私たちを襲い、そのたびに私たちは驚愕した。私たちの時代の災難は、もはや天変地異ではない。長い間、結束してきた資本の僕《しもべ》たちによって累々と積み重ねられてきた謀略だ。私たちの時代の災難は発生したものではなく、作ったものだ。私たちの浅はかで愚かな手で自ら作ったものだ。巨大な謀略がその不気味さを曝《さら》け出した、予定された結末だ。私たちの時代の大人たちが、この事実を知らないわけがない。みなすべて知っている。これほど険しく熾烈な環境に適応するための個体変異だったのだ、と自負するしかないのだろうが、事実私たちは突然変異だ。もはや人間性を内にもつ人間の姿ではない。資本と人間の結婚が産んだ怪物だ。ハンナ・アーレントが「悪の凡庸さ」を見出した『エルサレムのアイヒマン』※3とも、実はもはや似ても似つかない。なぜならば、私たちは、私たちが何をしているのか、なぜそうしなければならないのか、すべて知っているからだ。知っているから、ある者は限りなく狡猾になり、ある者は限りなく剛毅になり、ある者は限りなく強くなり、誰もが沈黙する。わずかな時間だけつける仮面を分け合い、わずかなジェスチャーのみを共有しながら。

※1知性人　93ページ参照
※2原文では、「資本の僕（しもべ）」は「모리배（謀利輩）」と表現されており、「利益をむさぼる輩」という意味をもつ。
※3哲学者ハンナ・アーレントが一九六三年に発表した、アドルフ・アイヒマンの裁判の傍聴記録『エルサレムのアイヒマン　悪の陳腐さについての報告［新版］』（大久保和郎 訳　みすず書房　二〇一七年）。

상【saŋ】床（膳）※1／賞／喪

「膳」を調えるともてなしになり、「賞」を授かると励ましになり、「喪」※2に襲われると蒼白になる。ところが「膳」を調えても励ましになり、「賞」を授かっても蒼白になり、「喪」に襲われてももてなしになることがある。

※1「床」とは膳・机・縁台など物を載せることのできる家具を指す。もともとは「牀」の漢字が当てられており、寝台を表していたが、そこから広い意味での「台」に転じていったと言われている。「밥상（飯床）」と書いて「食膳」、「책상（冊床）」と書いて「机」となる。ちなみに冊床の場合、「冊」は書籍を表し、書籍を読むときに使う「台」という意味で、机になった。

※2日本では身内に不幸があったときに喪に服すが、韓国では友人など身近な人の不幸に際しても喪に服す。

샅
股【sat】

両足の間を意味する。「샅(股)」を二回重ねて「샅샅이」という形で使うと、「すみずみまでつぶさに」と意味が変わる。

새

鳥【sɛː】

鳥は
撃たれて
致命傷をうけても
力のかぎり飛ぶ
そして
飛びながら
死ぬ
死んで
はじめて地面に落下する

鳥は
のがれようとして飛びつづけたのであろうか
のがれようとして飛ぶなら
死んで

はじめてのがれえた
ということもある
落下したのは
断念したからであろうか
そうではあるまい

飛びながら死んだのだ
深い傷に疲れ
断念し
落ち
それから死んだのではない
飛ぶ姿勢のまま
彼の生は直角に向きを変えたのである

高橋喜久晴※　詩「鳥は」『詩集・日常』（一九七三年　詩学社）より

※高橋喜久晴（たかはし　きくはる）大正一五（一九二六）年生まれ。専修大学卒。小中学校、県立図書館、県教育委員会等に勤務、永年にわたって社会教育にたずさわってきた。著書も詩集『見知らぬ魚』（一九六〇年）をはじめ、『巡礼記』『流謫の思想』『薔薇と落暉　詩・ことば・民族』『情念論　高橋喜久晴詩集』など多数。

색【sɛk】色

光がなければ色も存在しない。色は物そのものの性質ではなく、物に反射する光の波長だ。可視光線だけが色として認識される。物体に吸収された色ではなく、反射されたものが色として認識される。ゆえに、色気を発する女性など存在しない。色を見てとる男性の視線のなかにのみ存在する。

※「色」は韓国語も日本語と同様に、色彩としての色以外に色を使った表現が豊富にある。この詩では、「색을 쓰다（嬌態を見せる）」、「색을 밝히다（鼻の下を伸ばす、好色）」という類の表現で使われている。

샘【sɛːm】嫉妬／泉

他者に向けられた心の動きである嫉妬は、はらわたを煮えくり返らせ※1、悪口を言いふらすばかりだが、他者に向けられる心の動きがとりのぞかれた嫉妬は、自分を向上させるための刺激としてはたらく。不純物さえなければ、人間から湧きでる嫉妬心は、奥山に湧く小さな泉と変わらない。ウサギでなくとも、その小さな泉ではらわたを洗うことができる※2。

※1「はらわたを煮えくり返らせ」は、原文では「嫉妬する」という意味の「배가 아프다(腹が痛い)」という表現が使われており、これはことわざの「いとこが土地を買ったらおなかが痛い(사촌이 땅을 사면 배 아프다)」からきている。他人の成功が羨ましく、嫉妬するときに使われる。

※2朝鮮の伝統口承芸能であるパンソリの「水宮歌」のなかの有名な逸話を踏まえている。騙されて龍宮城に連れていかれ、はらわたを抜かれそうになったウサギは、はらわたは洗濯して木に干してあると機転を利かせて難を逃れる。

생
生（せい）／生（き／なま）【sɛŋ】

人の一生は、「生（き）」であるほかない。未熟だったり、結実しなかったり、無茶苦茶でむなしかったり、もって生まれたままに、残酷でむごかったり……。

선
善【sɔːn】

旧態依然とした善意は、時に悪意と変わらないことがあり、努めて旧態依然たるまいとした善意は、時に偽善のように見えることがある。もっとも自然な善意のみが、誤解されずに人に伝わるものの、肌で感じるのは容易ならざるため、生涯にわたり伝えていくしかない。

설【ソル】正月／元旦

若年寄があれこれ噂を持ち出しぶつくさ言ってまさかの過ぎ去った家族史をうっかり漏らす、いたらぬ嫁はそっぽを向いて皿を洗う、わくわくして帰った故郷は他郷のようで悲しみが去来する、新年最初の日。

※この詩は、「설」という発音を持つ単語が使われた言葉遊びになっている。

①「설늙은이」若くもなく老人でもない人を指す。若年寄。「꽃샘에 설늙은이 얼어 죽는다(花冷えに若年寄が凍え死ぬ)」ということわざもある。
②「풍설」風説、噂
③「설마」よもや、まさか
④「발설」口にする、漏らす
⑤「설익다」未熟だ、生煮え
⑥「설거지」皿洗い
⑦「설레다」胸ときめく、わくわくする
⑧「설다」不慣れ、なじみのない
⑨「설움」悲しみ、悔しさ
⑩「설핏하다」心をよぎる、かすめる

섬
島【sɔːm】

目を閉じて　君の足　全体を島だと想像してごらん　たとえば列島のようなものを　人々の間に島があるなんて言葉は嘘になるだろう？　島はまさに君のなかに在るものだから　靴下を脱いで浴槽に入ってごらん　水をじゃぁじゃぁ出し　そっと足を出すんだ　島に雨が降っているかい？　滝の水が流れ落ちてくるかい？　冷たさに驚き　ビクッとしたみたいだね　君の足がピチピチと跳ねているだろ　心配しないで　君の島には魚が棲んでいるんだから　青い背の魚たち、今から一斉に飛び跳ねるよ、いいね？

その島に行きたいかい？　誰かを訪ねていく必要なんてないのさ　島はまさに君のなかに在るものだから　さあ　君の手が橋だと想像してごらん　そっ

と近づき　足をぎゅっとつかむんだ　乾いた手が濡
れた足へと向かう道、乾いた君が濡れた君へと向か
う道、通じているかい？　僕が何て言ったっけ　青々
とした苔が　血管に乗り　君の心臓を目指して　駆
け上ってくるだろう　君はこんなに青く、青く、青々
としているんだ！　準備ができたら　目を開けてい
いよ　さぁ、もう渡れるよね？

オ・ウン※　詩「島」

※オ・ウン（呉銀）（一九八二年全羅北道井邑市生まれ）詩人。ソウル大学社会学科を卒業後、KAIST文化技術大学院で修士号を取得。二〇〇二年にデビュー。二〇一九年に大山文学賞、現代詩作品賞を受賞。邦訳作品に『地球にステイ』（四元康祐編　クオン　二〇二〇年）に収録されている「それ」がある。大手オンライン書店yes24のポッドキャスト番組「チェギラウッ」で隔週放送の「オ・ウンのオンギジョンギ」で司会もしている。本作品は『호텔 타셀의 돼지들（ホテルタッセルの豚たち）』（民音社　二〇〇九年）に収録。

셋【set】三

疲れてきたら「いっちに、いっちに」と気合を入れる。なにかを始めるときは「いち、に、さん」と三つ数えて、「さん」まで待つ。

소【so】牛

働いて　乳も与え　肉と骨も与え　しっぽと足まで与えて死にゆくものに　なぜ経を読んでやろうとしたのだろうか。

※韓国では、日本語の「馬の耳に念仏」と同じ意味の「소 귀에 경 읽기(牛の耳に経を読む)」ということわざがある。

속【so:k】心／中／腹／胸／実

他人の心を苛立たせ、自分の心はいたわる。心が広ければ信頼され、心優しければ小言を食らう。心乱れれば寝つけず、心穏やかならば熟睡する。下心があれば追及され、心に定まるところがなければ無視される。心焦がせば腹が立ち、心病めば心配が尽きない。本心が見えれば憎まれ、心豊かであれば愛される。心開けば情が深まり、心にわだかまりがなければ人を得る。

※様々な意味を持つ「속」尽くしで作られた一文。

①「속을 긁다」機嫌を損ねる、苛立たせる、感情を害する
②「속을 달래다」いたわる、なだめる、慰める、（調子の悪い胃を）整える
③「속이 깊다」思慮深い、懐が深い
④「속이 좋다」気立ての良い、心優しい
⑤「속을 상하다」癪にさわる、腹立つ
⑥「속이 편하다」気が休まる、心が鎮まる、心穏やか
⑦「속이 있다」下心がある、胸に一物がある、魂胆、心中の企み
⑧「속이 없다」主体性がない、分別がない
⑨「속을 끓이다」気を揉む、心を焦がす、心が波立つ
⑩「속을 태우다」思い煩う、心病む、やきもきする
⑪「속이 드러나다」本心が出る
⑫「속이 차다」堅実である、心が豊か、中身のある
⑬「속을 트다」胸の内を打ち明ける、胸襟を開く、心開く
⑭「속이 트이다」虚心坦懐、物事にこだわらない

손 手【son】

わたしの右手に　なでられる左手
わたしの左手に　感じられる右手には
恋人の手のぬくもりに溺れ　青春を台無しにした者が
要約されている

楽器
息の通い路

心を包む「わたし」という袋の結び目
情が湧いたら地獄だ　という言葉の証言台
「抱く」という言葉の生き証人
くりかえして　つみかさねて　おのずと開かれてゆく道
持って生まれた天性から飛びださせる張本人
なのに　わたしの天性をつかむ糸口

言葉より　正直で
言葉より　裏切らず
そして　なによりも
言葉が　ただの一度も得られなかった
理解というものを得て
この上ない至福を味わった手

うつろう心のかたち
強がる心のかたち
剥き出す心のかたち
心のご主人様

人

触る　使う　電話をかける　彼の足を洗う
拳を握る　死せる兄弟を清める
殴る　盗む　騙す　縛る　剥がす　引き裂く
秘め事の極み　暴露の極致
心のもっとも卑しい居候
心への天罰

手が最初に犯した罪の数々をもって
人類は日々　吐き気をもよおしつつ　地球を回す
一生かけて　罪を贖《あがな》おうとも

キム・ソヨン　詩「手」※

※本作品は『극에 달하다（極まる）』（文学と知性社　一九九六年）に収録。

ㅅ

솜 綿【so:m】

法を破った権力者に　法が振りおろす棒。

※韓国語で「솜방망이（綿でできた棒）」とは、犯した行為に対して軽すぎる処罰のことを言う。「솜방망이 처벌（軽すぎる処罰）」のように使われる。

쇼【ʃo:】ショー

ほとんどの政治家が　国民に向かって行っている　ほとんどの行為。

수 数【su:】

私の閉所恐怖症について彼に説明しなければならないようだった。

「数学の基本が何だか知ってますか？」私は尋ねた。「数学の基本は数字です。心の底から幸福を感じさせるものは何かと聞かれたら、私は数字と答えます。雪と氷と数字。なぜだかわかりますか？」

修理工はクルミを割る道具で蟹の足を割ると、先の曲がった蟹ばさみで身をかきだした。

「数の体系は人間の生と同じだからです。はじめに自然数があります。それは正の整数です。小さな子どもたちの数字ですね。ところが、人間の意識は拡張します。子どもは渇望の感覚を発見するんです。では、渇望に対する数学的表現が何だかご存知ですか？」

修理工はスープにクリームをのせて、オレンジ果汁を数滴落とした。

「負の数です。何かを失いつつあるという感情の公式化。人間の意識はさらに拡張します。子どもたちは、『間』の空間を発見するんです。石の間、石の上の苔の間、人と人の間、そして数と数の間。整数に分数を加えれば有理数になります。人間の意識はそこにとどまりはしませんよ。きっと理性を超えようとします。平方根を解き明かすような奇妙な演算をさらに付け加えます。すると無理数が現れます」

修理工はバゲットをオーブンで温め、ペッパーミルに胡椒を詰めた。

「無理数は狂気の形態です。無理数は無限ですからね。無理数をすべて書くことはできません。限界を超えた地点まで人間意識は押しやられていきます。有理数と無理数を合わせれば実数になります」

私はもう少し空間を確保しようと、部屋のなかほどに歩いていった。同族の人間に自分自身のことを説明する機会を持てるなんてことは、めったにない。ときには発言権を勝ち取るために闘わねばならぬことだってあるものだ。そしてこれは私にとって重要なことなのだった。


「そこでとどまりはしませんよ。絶対にとどまりはしませんよ。なぜなら、今も、まさにこの場で、私たちは、実数に負の数の平方根という想像上の数字を加えて拡張しているのですから。この虚数というのは、私たちが思い描くこともできない数、通常の人間意識では理解できない数です。そして、このような虚数を実数に加えれば、複素数体系が生まれますね。氷が結晶を形作る過程を見事に説明することのできる最初の数の体系です。この体系は、広大で開かれている風景のようなものです。ええ、地平線です。私たちが地平線のほうへと向かっていけば、地平線は果てしなく遠ざかっていきます。それがグリーンランドです。それなくしては私は生きてはいけないのです！私が閉じ込められたくはないというのは、そういうことなのです」

ペーター・ホウ※『スミラの雪の感覚』より

※ペーター・ホウ（一九五七年生まれ）デンマークの小説家。一九八八年『デンマークの夢の歴史』で小説家デビュー。一九九二年刊のミステリー小説『スミラの雪の感覚』（染田屋茂訳　新潮社　一九九六年）で、一躍有名に。後に『陰謀のシナリオ *Smilla's Sense of Snow* 』として映画化もされた。

숨【suːm】息

切羽詰まれば息も絶え絶え、慌てて作れば息詰まる。

ㅅ

술【sul】酒／術／述

鯨飲するのは酒豪で、毎日飲むのは飲んだくれ。酒の勢いというのは術策だ。酒の勢いを借りた本音のなかでも後味が悪くないのは、本当の本心を述懐する酒仙の術であり、とりかえしのつかないことは酒の上でのたわごとと述べればそれまでよ。

※「술」尽くしの言葉遊びを繰り広げている一文。
①「술고래」大酒飲み、酒豪
②「술꾼」酒飲み、酒客
③「술기운」酒の勢い
④「술책」術策、策略、計略
⑤「술법」（陰陽道と占いなど方士が使う）方術、理論
⑥「술회」述懐

숲【sup】森／林

背の高い森は樹々を教育する

樹々に　光を忘れるよう習慣づけ、強要する
かれらの瑞々しい緑のすべてを　樹の頂きへと送ることを
すべての枝で息をする
能力を、
ひたすら　あんなにも　喜びのためにだけ　枝を張る
才能を、
枯らすことを

その森は　雨をふるいにかける、
常習的な喉の渇きを予防するために

背の高い森は　樹々をさらに高く伸ばす
梢に梢をつなぎ
もはや樹の目に入るのは　他の樹だけ、
どの樹も風に話す言葉は同じだ

ライナー・クンツェ※　詩「背の高い森は樹々を育てる」

※ライナー・クンツェ（一九三三年生まれ）東ドイツ生まれの詩人。邦訳書に『あるようなないような話』（野村泫訳　岩波書店　一九七五年）、『素晴らしい歳月』（大島かおり訳　晶文社　一九八二年）、『暗号名「抒情詩」――東ドイツ国家保安機関秘密工作ファイル』（山下公子訳　草思社　一九九二年）がある。また、訪日時の講演やインタビューをまとめた『ライナー・クンツェ　人と作品』（ハインツ・ハム　山下公子編　思潮社　一九八九年）もある。本作品は『시(詩)』（チョン・ヨンエ訳　ヨルム社　二〇〇五年）に収録。

쉬【ʃwiː】シィ

この一言で、子どもは大人の耳目を集めることができる。

쉿【ʃwit】シッ

この一言で、大人は子どもの耳目を集めようとする。

시
詩【シ】

一　すでに美しいものは、もはや「美」にはなりえないのであって、「美」になりえぬものを、かならずや「美」ならしめること。

二　大雑把な言葉ではすくいあげられない真実と、言葉にすれば砕け散ってしまう秘密を文章のうちに収めること。

三　言語を裏切る言語がもっとも美しい言語だという事実を立証すること。

ㅅ

신　神【jin】

僕は神さまが
病気の日に生まれたんだ。

僕が生きていて、僕の出来が悪いってことは
みんな知っている。でも
その始まりや終わりは知らないんだよ。
そう、僕は神さまが
病気の日に生まれたんだ。

セサル・バジェホ※　詩「同じ話」より

※セサル・バジェホ（一八九二―一九三八年）ペルーの詩人。生前に刊行した詩集は『黒衣の使者ども』（一九一九年）と『トリルセ』（一九二二年）の二冊。ほかは遺稿を整理した詩集『人の詩』『スペインよこの杯を我から遠ざけよ』（共に一九三九年）など。死後に評価が高まり、今日では二十世紀ラテンアメリカ詩を代表する詩人と言われている。本作品は『ロス・クラシコス4　セサル・バジェホ全詩集』（松本健二訳　現代企画室　二〇一六年）に「同工異曲」として収録。

싹【ʔsak】
芽／ぱっと／すぱっと

心に落胆の思いしか残らないとき、もはや手の打ちようがないと思うとき、化粧用コットンを出してひと握りのサンチュの種をまいてみる。そして水に浸しておく。四日もすると芽がぱっと出て、私はなんだか嬉しくなる。落胆しかなかった四日前の自分をすぱっと忘れられる。

심【ʃim】
心／芯

心臓も心根も鉛筆の芯も、みな胴の真ん中にある。

人

쓱
【ʔsɯᵏ】そっと／すっと

こっそりと行動することを意味するが、二つ重ねて使うとあっさりとやってのける行動へと変容する意味に変わる。

씨
【ʔʃi】種

そのなかに何が入っているのか割って確かめるのではなく、植えて、水をかけて、育てて、確かめるもの。

6

意外なところ

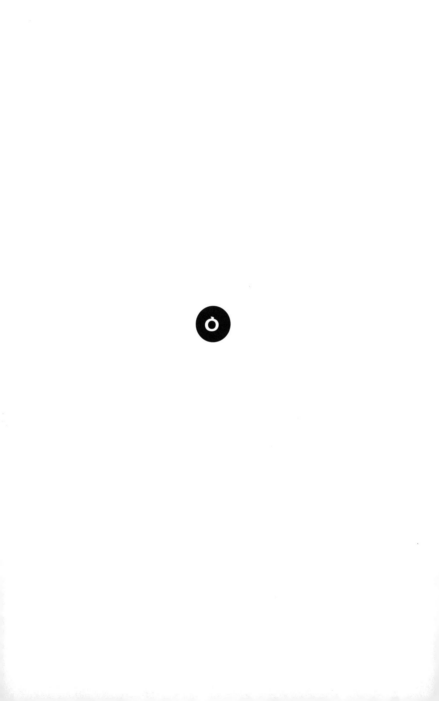

악【ak】悪

進化を繰り返し、今や悪は可視的な暴力をふるわなくなった。特定の集団と特定の人物、特殊な状態と特殊な立場に帰属しなくなって、だいぶ経った。悪は皆にほどよく配分されている。皆で分け合ったため、なかなか悪だと感じられない。信頼できる友の顔を眺めるときでもひと握りの不信とひと握りの不安を手にぎゅっと握りしめているのは、友の顔がどうとかではない。善はいつか悪に勝つという信頼がだんだんと失われているのも、私の顔の奥深いところに悪の影が棲みついているからだ。私たちはいつも自らの悪と見えない闘いをしている。見えない手で自分の胸ぐらをつかむ。胸ぐらをつかまれる私と胸ぐらをつかむ私の静かな反目。一日をとくにすることもなくすごした日でもなぜか疲れが押し寄せてくる。

안【an】
中・内

だれかの中に入ろうとするなら、手続きが必要だ。扉の前でノックをしたあと、入ってもいいかと聞いて、許可を得なければならない。

알【al】
卵／内実

鳥や魚や虫が産む丸いものを意味する言葉だが、「丸薬（알약）」「ぶどうの実（포도 알）」みたいに丸い外見をしているものにも、「イガを剥いた栗（알밤）」「まるはだか（알몸）」のように「むきだしの中身」の意味のときにも、「大富豪（알부자）※」「無一文の乞食（알거지）」のように「本物の中の本物」を意味するときにも使う。

※「알부자」は、最近では、アルバイトをたくさん掛け持ちして学費に充てる学生のことを指して言うこともある。

앎【am】
知

（前項「알」を受けて）だから「알다（知る）」という動詞は、ただ認識の状態を意味しているというより、あらゆる「알（丸いもの、まるごとの中身、本物の状態）」が成している存在のありさまを「다（すべて）」意味するものではないか。

앞【ap】前／先／未来

私たちが生きている世界は
私たちが生きんとする世界とは違うはずだから
そのときは愛あふれる人となって会おう

イ・ビョンニュル※　詩「この豊かな寂しさ」より

※イ・ビョンニュル（一九六七年忠清北道堤川市生まれ）詩人、放送作家。ソウル芸術大学文芸創作科卒業。一九九五年、韓国日報の新春文芸でデビュー。二〇〇六年に現代詩学作品賞を受賞。文学トンネ系列の出版社タルの代表もつとめる。本作品は『바다는 잘 있습니다（海はやすらかです）』（文学と知性社二〇一七年）に収録。

애

愛【ɛ】／子／心【ɛː】（はらわた）

心を砕くのも、育むのも思いどおりにはいかない。長い努力の末に「情」が湧けば、最上の愛情になる。

액

厄【ɛk】

いったいこんなひどい目に遭うことがあるんだろうかというほどのむごく険しい星回りは、この先の人生の厄払いになる、と表現することもある。なにか不幸な目に遭ったときに、それで厄が払われたことにするのは、これ以上の大きな不幸なんてまさかもうないよね、と思いたい私たちの哀れな心のよすがだ。

야【jaː】おい

気の置けない仲で呼び合う言い方でありながら、蔑んだ呼び方でもあり、険悪な間柄でいきかう呼称でもある。気兼ねのない親しさが蔑みや険悪な関係に変わってしまうのはほんの一瞬だ。

약【jak】薬

具合が悪くなくても飲む。治るために飲むのではなく、少しはましになるように飲む。食べ物のかわりに飲んだりもする。運動のかわりに飲んだりもする。がんばって生きている人たちは寝るかわりにこれを飲んだりもする。いつか水のかわりに飲むようになる日が来るだろう。幸せのかわりに飲むようになる日も来るだろう。

양

量【jaŋ】

量より質という言葉があるが、質より量が優先されるときが多い。長い間積み重なった量が質をよくすることもある。

애

この子【jɛː】《야＋애＝애》

子どもや目下の者を直接呼ぶときに使う「名前＋야」という二人称と、「子（애）」という三人称が結合した呼称。

ㅇ

어 【o】
お

短くて高いイントネーションのときは、なんか変でびっくりしているけれど大丈夫だという意味、短く語尾を上げるときはなんか変でびっくりしたからなんとかしてくれって意味、長くて普通のイントネーションのときは、話しはじめる前に関心を集めようとする意味で使う。長くて語尾が揺れるときは感嘆しているという意味。長くゆっくりイントネーションが上がってゆくときは何かを悟りはじめたという意味。

억【ok】億

万の一万倍。私たちが想像する最高の数字。これ以上はこの世界の数字じゃないような気がするくらい最高の数字。なのだが、ソウルの標準チョンセ※価格。ソウル中心部ではワンルームのチョンセ価格。

※チョンセ　韓国独特の住宅賃貸制度。賃貸契約時にまとまった保証金を払うことで、月々の家賃を支払う必要がないというシステム。

얼【ɔːl】

魂／精神

魂が足りないのはまぬけ、魂がちゃらんぽらんなのはたわけ、魂がふにゃふにゃなのはふぬけ。まぬけは顔に書いてあり、たわけは顔が鉄仮面、ふぬけは顔がおびえてる。まぬけは何をするにも曖昧で、たわけは何をするにも小狡くて、ふぬけは何をするにもおたおたする。だから、まぬけはいつもこんがらがって、たわけは結果に対して愚かなふるまいをし、ふぬけは状況をわかってもいないのに、しくじったことだけは感じとって痛々しくなる。

업【up】業／UP

思春期には「clean up（身ぎれいにしたい）」「shut up（しゃべらない）」で叱られる、

青年期には「dress up（着飾りたい）」「give up（あきらめるほかない）」で葛藤が生じ、

壮年期には「show up（存在感を示したい）」「cheer up（活動的でありたい）」で睨まれる。

老年期にはこの六つを守ってやっと愛される。

※最近韓国で、老年期に守ると人々に愛される六つの「up」がよく言われている。「pay up／open up（財布も心も先に開いた者勝ち）」などを加えて、尊敬される老後のための、清涼飲料水のような七つの知恵という意味で「セブンアップ（7-UP）」と語られることもある。

여

女【jɔ】

女たちは歓迎されない妹として生まれ、女子高生から女子大生になり、女給や女性社員から女社長に、あるいは、女性歌手や女医や女教師、女教授、女流画家、女流作家として生きる。男たちが歓迎される弟として生まれ、高校生から大学生になり、社員から社長に、あるいは、歌手や医者や教師や教授や画家や作家として生きている間に。

연【jʌn】凧（たこ）

細い糸でつながっている。もっとかっこよく飛ぶために、糸を切るのに陶器のかけらをくっつける。

もっともっと長く糸を引き出す。ほかの凧と競り合って、でも意外なところにたどり着いていることもある。

一度切れてしまうとはるか彼方に飛んでいってしまう。

ㅇ

엿
飴【jɔt】

「飴みたいだ（＝クソむかつく）」「飴をくらえ（＝クソくらえ）」という言葉は「엿（飴）」をナメている。ひと握りのかぼちゃ飴を得るには、ざるいっぱいのかぼちゃを発酵させて煮詰め、固めなければならないのだ。

※「엿（飴）」が悪態になる由来としては一九六五年の「大根汁騒動」が有名だ。それ以前からも悪態として使われていたが、この事件を通じて公となり、国民皆がこの隠語を知るところとなった。

現在は義務教育になっているが、中学校も大学のように試験を受けて入る時代だった一九六五年、中学の入試で飴を作る材料に対する問題が出された。飴を作る過程で必要なものを問うこの問題の正解は「ジアスターゼ」であったが、選択肢にジアスターゼの成分が入っている大根汁もあり、それを選んで不正解とされた子の親たちが怒って、大根汁で作った飴を持っていき、「飴を食べろ」と教育委員会に激しく抗議をしたことにより、「飴」が悪態として使われるようになった。

영 霊【jɔŋ】

天使は肉体なしにこれだけがあったけれど、これなしに肉体だけある人に対し、私たちは天使みたいだって言う。

옆 傍ら（かたわら）【jɔp】

人がいるべき最良の場所。社会的地位が高いか低いかの問題ではなく、人脈上遠いか近いかの問題でもなく、ただ人が人に。

예 はい【jeː】

礼をわきまえるにはとにかく「はい」と答えなければならないと信じている時代。

옛
昔【jeːt】

昔の言葉は味があり、昔話は心地よく、昔の風情は情け深く、昔の家には知恵があり、昔の人には郷愁を感じるが、「昔」という言葉自体にはどこかもううんざりという感もある。

오
お【o】

短めの「お」ならばため息、長めの「おお」ならば軽めの感嘆、もっと長めに「おおおお」となると思わずこぼれ出る感嘆を意味する。

옥
玉【ok】／獄／屋

宝石でもあり、監獄でもあり、家でもある。

온【on】全ての／ON

二十四時間ONになっていてこそ、リアルタイムに送られる連絡や情報を受信でき、それでこそ親切な人として取り扱われる。

옷【ot】服

服が羽だった時はすぎて、服がすなわち人だという時代を生きている。趣向、見識、性格、気品、仕事、経済力を計るものさしになった。裸を隠したり、寒さをしのいだり、格好つけたりするためのものではなく、体型を隠したり、見下されるのを防いだり、価値観を知らせるのに使う。

ㅇ

왕 王【waŋ】

「料理王」「バスケ王」のように、ある分野ですばらしい能力を持つ人を称賛するときに後ろにつけて使う。「キング・オブ・ツイてるやつ」「キング・オブ・未来の大物」のように前につけて使うときは皮肉を意味する。ただ、「王様ぎょうざ」「王様とんかつ」のようにサイズが大きいことを表すときを除いて。

왜【wɛː】
なぜ

なぜ学校を辞めたの？　という質問には
なぜ学校に通うの？　と問い返すのが一番賢明で
なぜ結婚しないの？　という質問には
なぜ結婚したの？　と問い返すのが一番賢明で
なぜ子どもを産まなかったの？　という質問には
なぜ子どもを産んだの？　と問い返すのが一番賢明だ。

욕
罵詈雑言【jok】

インターネット決済中にアクティブエックス※と出くわしたとき、私たちが吐き捨てる独り言。

※アクティブエックス（ActiveX）とは、インターネットエクスプローラー（IE）ブラウザでセキュリティ・認証・決済のような付加機能を設置するために作られたプログラム。ショッピングモールで買い物をする際、「追加機能を使用する場合はこのプログラムをインストールしなければなりません」という文が出ることがある。

용
用【joŋ】

学生は練習用として用を使い、事務員は営業用として用を使い、政治家は宣伝用として用を使う。トイレでだけ、誠心誠意全力で用を足す。

욱
ウッ【uk】

飲み込んでいたものが逆流するときに出る音。ウッとなるのは一瞬だが、ウッとなってあふれ出たものの匂いは簡単には消えない。

운【uːn】
運

不公平なのでねたましくもなるが、これは泡《あわ》で、永遠《とわ》ではない。持続性はない。

울【uːl】
ウール／「泣く」という動詞の語幹

冷たい水でよくもみ洗いしなければならない。強くねじったりしてはならない。寝かせて乾かさなければならない。それでも床に水が涙のようにぽたぽた落ちる。

월【wɔl】月《時間単位としての月》

ひと月ごとにもらう月給で家賃を払い、光熱費を払い、カードローンを返せさえすれば、それで残るものがなくても幸せなひと月。

위【wi】上／偉／危

みんなが上りたいそこは、たいてい偉大ではなくひどく危うい。

유【juː】有／YOU

漢字語で使うときは「無」の反対語で、英語で使うときは「I」の反対語。

육【juk】肉

魂のない肉体は肉の塊。

ㅇ

윤【juːn】潤／つや

髪の毛でも果実でも家具でも質の良いものから出る。ないところから出そうとするなら、ずっとさわってあげればいい。

윷【juᵗ】ユッ《ユンノリの棒》

八十代の老人と八歳の子どもが一緒にできる唯一のあそび道具。お互いどちらもわざと負けてあげたりしないため、五分五分のゲーム。

※ユンノリとは、朝鮮半島に古くから伝わる日本の双六に似たゲーム。サイコロの代わりに四本のユッと呼ばれる木の棒を投げ、落ちたユッの状態に応じてコマを進めていく。

응 【uŋ】うん

短く答えるときは肯定的な意味。長くのばして、抑揚を上げて答えるときは疑問の意味。二回連続して答えるときは相槌の意味が。力を込めて明るく元気よく答えるときはやったー！という歓喜の意味が込められている。

을 【ɯl】乙

甲は誰かにとっての乙だ。だから甲はいつも復讐するかのようにほかの乙をむやみに相手にする。

ㅇ

의
義【ɯiː】

これを守るということは、似た者同士のつながりを守るだけのことにすぎない。

이
歯【iː】

グラグラ揺れながらも自然には抜けない。糸でくくりつけ、おびえながら信じている人の前で口を開き、うわっと泣きだしたあとにようやっと新しい歯を得ることができる。だれも信じられないときは口の中で長い間舌に遊ばれなければならない。

일 日【曰】

日曜日だけを待って人生をすごすとしても
日曜日が待ち遠しくなる変わらぬ心

日曜日が土曜日の次で本当によかった。土曜日にあなたと一緒にすごした時間を、日曜日にはひとり座る机の前で取り出してもう一度味わうことができるから、本当によかった。陽の光が私のそばにあり、雲が動くのが見えてよかった。土曜日が物悲しく終わっても、日曜日にもう一度取り出した物悲しさは陽の光をまねてきらめき、透明になるからよかった。古い布団を洗い、新しい布団を引っぱり出してくる日曜日の遅い午後、計画通りたまっていた洗濯をして、買い物をして、帰ってきたら冷蔵庫をいっぱいにして、机の整理もできるだろう。計画にないことで騒々しくなる日曜日もいい。うれしいお客様が急に訪ねて来てくれるのもいい。日曜日の次が月曜日で本当によかった。忙しい月曜日のために、さらに忙しい火曜日のために、忙しくて気が滅入る水曜日のために、夏の日の大きな日陰のような読書をしておく日曜日。音楽をたっぷり聴いておく日曜日。日曜日をどうすごしたかをあなたに楽しく話せる月曜日が次の日にある日曜日。

입【ip】
口

人間のもっともよこしまな身体。

잎【ip】
葉

植物を分類するとき、花を見て分けるより、葉を見て分けるほうがより正確だ。人を分類するとき、顔を見て分けるより、手を見て分けるほうがより正確だ。

さよなら

ス

ス

자【ʧa】ものさし／尺

一七八九年のフランス革命以後、フランス科学アカデミーが、地球子午線を四〇〇〇万分の一にした長さを一メートルとして使用しようと提案した。

ス

잔
杯【ʧan】

暑さを避けて屋上に上がると、僕たちはその夜の被害者のように振る舞ったよね。隅に隠れて泣きまねしていたのはどうしたって君で、くすくす笑っていたのは僕で。ようやく秋がやってきたのだけれど、よくよく考えれば秋がやってきたのではなく、僕たちが秋にたどりついたわけで、黄色や赤に色づいた僕たちは口癖みたいに言っていたよね。この一杯だけ飲んだら帰ろう。その杯を満たしていたものが油のような僕たちの羞恥であろうとも。

ユ・ヒギョン※　詩「その年の夏」

※ユ・ヒギョン（一九八〇年ソウル生まれ）詩人。二〇〇八年、朝鮮日報の新春文芸で文壇デビュー。詩「教養のある人」で、二〇二〇年現代文学賞を受賞。詩の同人会「作亂」のメンバー。また、詩人として創作活動をしながら、詩集専門書店「,wit n cynical」の店長もつとめる。本作品は『당신의 자리 - 나무로 자라는 방법（あなたの場所——木として育つ方法）』（アッチムダル　二〇一七年）に収録。

잠【ʧam】眠り

（何度揺すっても覚めない眠り、僕は「眠り」だった
眠りながらにして苦痛と不幸の正当性を明らかにし、反復法と
「待つ」というイデオロギーを完成させた　僕は遊んで暮らして
いたのではない　絶えずなぜ生きるのかを問い、絶えず希望を
折って飛ばした）

イ・ソンボク※　詩「なぜこんなことが起きたのか」より

※イ・ソンボク（李晟馥）（一九五二年慶尚道尚州生まれ）詩人。現在、大邱にある啓明大学校文芸創作学科の名誉教授もつとめる。一九七七年「馴染んだ遊郭で」などを文芸誌に発表してデビュー。本作品が収録された詩集『뒹구는 돌은 언제 잠 깨는가（寝転ぶ石はいつ目覚めるか）』（文学と知性社　一九八〇年）で第二回キム・スヨン文学賞を受賞。邦訳に『詩集　そしてまた霧がかかった』（李孝心・宋喜復 訳　書肆侃侃房　二〇一四年）がある。

ス

재

灰【ʧɛ】

どれほど図体が大きくても、どれほど重くても、どれほど素晴らしくても、どれほど大切であっても、そのどれもすべて燃え尽きてしまえば、これひと握り。

적

敵【ʧɔᵏ】

敵をつくるなというが、敵はつくられているものだ。敵を理解すれば勝てるというが、理解できれば敵ではない。敵をゆるせというが、ゆるしは理解をしてから、ようやくできるようになる。

절【ʧɔl】礼拝

一回は挨拶、二回は死者に、三回は神に。

점【ʧɔm】点

韓国の詩人は詩にピリオドを使用するのを極端に嫌う。終止符を打ちたくないからだろうか。

정 情【ʧɔŋ】

慰めも励ましも絵文字を代わりに使う。握手もハグも絵文字が代わりをする。声もなく、気まずい後ろ姿もなく、「さよなら」の挨拶をする。テーブルを挟んで向き合って座ることも、息づかいやまなざしや表情もなく共感し合う。情を分かち合うたっぷり。思いっきり。分かち合った情を思い出すにも、覚えていてもよさそうな声も後ろ姿もまなざしも表情もなにもない。虚構の領域になってしまった私たちの情。それなのにこれだけ深まったと感じられる私たちの情。

종【ʧoŋ】鐘・ベル

自転車に乗っていて私がいることを知らせるとき。フロントで人を呼ぶとき。「鐘が鳴った」は、「万事休す」を表すときのたとえで用いるが、授業の終わりに教室から聞こえる「チャイムが鳴った！」には、解放された喜びが込められている。

ス

죄 罪【ʧwe:】

罪人ではないけれども、私たちは罪悪に加担している。社会の悪循環に対してただ口先だけで語っているだけだ。語ることで無関心でもなければ、黙認もしていないことを証明しようとするだけで、なんの行動も起こさない。言葉によって私たちを罪悪と切り離し、自分は安全だとみずからをごまかして安心すると同時に、罪悪をもっと堂々ともっと安全に為すことへの協力者となる。

죽【ʧuk】チュク＝台無し／受苦／死／粥

やっていたことがおじゃん《チュク》になると受苦《チュク》の顔になり、死《チュク》にそうなほど具合が悪いと粥《チュク》を食べて……。

줄【ʧul】列／行／ひも／コネ

並ぶ列をよく見極めるのが重要だという。列を間違えたとくやしがる声はよく聞くが、うまいこと並んだという話は聞いたことがない。失敗したときにはその理由として挙げられるが、成功したときにはその理由から消されている。

ス

중

中【ʧuŋ】

どんな悲しみも消えゆくところなのだ。悲しみが多くて消えゆくところなのだ。消えゆくところにあっても、悲しんでいるところから目を背けているところなのだ。みなどこに行くところなのか。みなどこから来るところなのか。誰も遮ることのないところなのだ。誰も遮ることができずにいるところであり、近づきつつあるのだ。悲しみのただなかであるところで、ただなかの悲しみとともに、ますますつのるところの悲しみが還りゆくのだ。返してしまいたいところなのだ。とりもどしたいところなのだ。まさにそこのところが、行ってしまうのだ。悲しみのただなかにあるところで、一度うなずいて、一度振り返って、去りゆくところなのだ。来るなと言っているところなのだ。行くなとも言えずにいるところなのだ。おまえは消え去るところなのだ。空なのだ。

キム・オン※　詩「中」

※キム・オン（金言）（一九七三年釜山生まれ）詩人。一九九八年、『詩と思想』新人賞を受賞し文壇デビュー。二〇〇九年、第九回未堂文学賞、同僚たちが選んだ今年の若い新人賞を受賞。二〇一二年、第十三回朴仁煥文学賞を受賞。詩集に『息をする墓』『巨人』『小説を書こう』『すべてがうごく』、散文集に『だれもが胸のうちに文章がある』などがある。本作品は『한 문장（ひとつの文章）』（文学と知性社　二〇一八年）に収録。

즙【ʧɯp】
液体・汁

生命でないものには汁がない。

쥐【ʧwi】
鼠

死んだ鼠のしっぽをつかみ、ぶんぶん振り回し壁に打ちつける、名前だけは天使のような子らの純真無垢さのように、きのうの空気、きのうの流された血は悪意なく忘れ去られる。

キム・アン※　詩「国家の誕生」より

※キム・アン（一九七七年ソウル生まれ）詩人。二〇〇四年『現代詩』に詩を発表しデビュー。二〇一五年、本作品収録の『미제레레（ミゼレーレ）』（文藝中央　二〇一四年）で、第五回金九容詩文学賞を受賞。ほかに詩集『お兄ちゃんを思う』などがある。

집【ʧip】

家

みなが家から去ったということは、実はみながその家にいるということ。かといって、彼らの思い出がその家に残っているのではなく、彼ら自身がその家にいるのだ。しかし、彼らが実際にその家で暮らしている、ということではもちろんない。家があるため人々が永遠に存在できる、というだけ。家でそれぞれが任されていた仕事、繰り広げられた出来事は、汽車や飛行機や馬に乗って旅立ったり、歩き去っていったり、這ってまでしても、出ていってしまえば消えてなくなるが、毎日毎日繰り返された行動の主であった体の器官は、その家にそのまま残るのだ。足音も消え去り、口づけも、許しも、過ちも消え去った。家に残っているのは、足・唇・目・心臓のようなもの。否定と肯定、善と悪は散り散りになってしまった。ただ、その行動の主のみが家に残るだけ。

セサル・バジェホ　詩「この家には誰も住んでいません…」※より

※本作品は『ロス・クラシコス4　セサル・バジェホ全詩集』（松本健二訳　現代企画室　二〇一六年）に「（無題　五）」として収録。

징【ʧiŋ】

銅鑼（どら）

ぐゎーんとずっと響きつづけるので、一つの調べに一度打てばよい。だから、
お願いだから、ひっきりなしにぐゎんぐゎんぶつぶつ※言わないでおくれ。

※「징징대다」＝ぶつぶつつぶやく、ぶつぶつ不満を言う。

ス

짝【ʔʧaᵏ】

一対のものの片方

これとそれと揃いで一組の物は、どちらかが消えてしまうと不揃い※になってしまう。靴下、靴、手袋。ところが、一対で一揃いの体は、よくよく見るとどれも不揃いだ。目、耳、手。

※「짝짝이」＝ちぐはぐ、不揃い

ヌ

私の恋たち

え

차【ʧʰa】茶

飲むときより淹れるときのほうが香ばしい。

찬【ʧʰaːn】おかず

暗に位をほのめかす。ご馳走は父の口に、その次は息子の口に、その次は婿の口に。ありふれたものは娘の口に。残りものは母の口に。

ㅊ

참【ʧʰam】

真

真は分裂的で部分的で理路整然としない論理によってのみかろうじて裏づけされる。真は嘘よりも信じがたい脈絡を持ち合わせている。

창

窓【ʧʰaŋ】

私の窓たち

最初に住んだその部屋には窓がなかった。引き戸の玄関を開けて、靴を脱いで縁側から上がると両側に部屋があり、正面に三妹弟《きょうだい》の部屋があった。木の枠に障子紙をピンと張った四枚の引き戸が窓代わりだった。その部屋から初めて小学校に上がった。障子紙は白くて三妹弟には画用紙にしか見えなかった。落書きをした。落書きすると叱られたが、またすぐやった。枕投げをやってはしょっちゅう障子紙を破った。戸を閉めておくと縁側の方に近づいてくる母のシルエットが映り、そのたびに慌てて机に座って宿題をするふりをした。本当に宿題をするときは戸を開けっ放しにしてこれ見よがしに机に座っていた。

　妹とふたりで使っていた屋根裏部屋は、窓を開けると一面の田畑だった。遠くにポプラ一本と低い屋根の屠場が見えた。地平線の果てを汽車が通りすぎた。乗

ㅊ

客の顔が見えるはずのないほど遠く離れていたけれど、乗客が屋根裏部屋の窓からのぞいている私を発見できるはずのないほど離れていたけれど、私は汽車が通るたびに手を振った。銀色のアルミの枠にくもりガラスをはめ込んだ新式の窓にもたれかかって座り、いつも遠くの場所を思っていた。走り去った汽車が到着するまだ見ぬ町を想像し、地平線のかなたの世界にも思いを馳せた。窓辺に座って頬杖をつき、ほかの世界を想像した。

三番目の私の部屋は窓を開けると庭が見えた。半地下のその部屋では、私の窓は高いところにあったが、通りすぎる人の靴が見えて足音が大きく響いた。その部屋ではそこから抜け出すことばかりを考えていた。防犯用の格子に守られているというより、外部からますます遠ざけられているように感じられた。その窓以来、ずっと私の窓はこれといった特徴はなかった。窓はあったが窓の外には何もなかった。窓はよく開きよく閉まり、網戸に穴がなければそれで充分だった。

数日前には済州島付近の小さな島で一夜をすごした。明け方五時を少し回った頃、民宿のおばあさんが私の窓を思いきり叩いた。がばっと起きて窓を開けると、おばあさんが後ろに手を組んで、背中を向けて立っていた。赤い太陽がちょうど昇りはじめた。見事な日の出をひとりで見るのはもったいなかったのだろう。おばあさんの後ろ姿から家に対する誇りが溢れ出ていた。この家で生まれ育って七十年経ったと言っていたが、一日も欠かさずこの日の出を見守ってきたのだろうか。私にとっては日の出より、たった一枚の窓をとおして溢れんばかりの誇りを漲《みなぎ》らせているその後ろ姿のほうが圧巻だった。

窓を開けると防犯用の格子が視界を遮る代わりに、赤く熟れた柿に手が届きそうな二階建ての家にも住んでみた。窓を開けると渡り鳥がVの字を描きながら空を飛行するのが見える屋上部屋※にも住んでみた。今は十九階で完璧な窓を所有して暮らしている。夕方になると向かい側の建物がトウモロコシのように見える。灯りのついた窓一枚がトウモロコシの一粒のように見える。トウモロコシ一粒の中にいる見知らぬ人が自分の部屋に入って電気をつける瞬間について考える。窓を開けて風に当たる表情について考える。窓は完璧で、外の騒音や天気を完璧に遮断してくれる。完璧すぎて雨が降っても気づかずにいることもある。雨の音が切り取られた完璧な窓。おかげで完璧さについて改めて考えるようになった。

「どんな家に住んでいますか？」と尋ねることは「どんな窓を持っていますか？」という質問なのだろう。または、「あなたは何を見て、聞いていますか？」という質問なのだろう。結局、「あなたはどんなことを考えながら暮らしているのですか？」という質問であるわけだ。少なくとも私の場合はそうだった。

※43ページ参照

채【tʃhɛː】 舵／千切り

舵取を見れば実力がわかり、千切りを見れば腕前がわかる。

책
本【ʧʰɛk】

国立中央図書館が南山《ナムサン》にあった頃、週末になると友達と一緒に行ったアジトだった。勉強するふりもしたし読書するふりもしたけど、友達と一緒にすごせるうってつけの場所だった。勉強が好きであろうがなかろうが、図書館が好きだった。小遣いがたくさんあろうがなかろうが、図書館にいるとどっちでもよくなる点も好きだった。図書館では平和でないことなどなかった。本があるという理由だけではない。多くの知識を誰もが公平に享受することのできる公共性が保障されている、もっとも美しい場所だからだ。

書店で書架を見て回るとき、自分自身の欲求に対して私はより寛容になれる。本を手に取ったり置いたりしながら、購買欲求を天秤にかける瞬間、そして一冊の本を選ぶ瞬間は、ほかの消費の瞬間とは確然たる違いがある。なにかを所有したいという欲求より、なにかを目撃したいという姿勢に近いからだ。

誰もが自分の問題をいっぱい背負って生きていくが、自分の背負っている重さより誰もがちょっぴり愚かだ。本を読む瞬間にはその愚かさを減らすために学ぼうとする謙虚さがある。もちろん美しさを目撃したいという欲求もある。人間の思惟や人間の言葉がいかに巧みで美しいか、本をとおして目撃する行為は、私たちが人間であるということに関して、もっともたやすく喜びを感じる方法だ。

ㅊ

처
妻【ʨhʌ】

「妻」と書いて「家内」と呼ぶ。
「夫」は「家外」とは呼ばず、
「外のお方」と高めて表現する。

척【ʧʰɔk】

ふり／スラスラ

そんなふりを繰り返しているうちに、
ためらいなくスラスラできるようになる。

철【ʧʰɔl】

物心／物分かり・分別

凝り固まった考えを他人に押しつける状態ではなく、思いがけない事実に対する分別があり、言行に責任がとれるようになった状態。

첫【ʧʰɔt】初／第一

初恋は二度と経験することはできない。最初も複数形にはならない。第一印象も初めての出会いも、最初のスコップ※1も第一ボタン※2も冒頭も二度はない。でも、初雪は無限に繰り返される。毎年待って毎年迎える。

※1物事や施工を始めることのたとえ。
※2卒業のときに好きな人にもらうのは、韓国では第一ボタン、日本では第二ボタン。

초【ʧʰo】酢／秒／初

水をさされる※と失望し、一刻一秒を争うと緊迫する。初めよければ、すべてよし。

※「水をさされる」は韓国語では「酢をかける（초를 치다）」という。

추
醜【ʧʰu】

日常の中で我々は身の毛のよだつような光景に囲まれている。我々は、飢餓で腹だけがパンパンに膨らんで、骸骨のように痩せ細って死にゆく子どもたちの写真を見る。女性が侵略軍の兵士にレイプされている国々を見る。人々が拷問されている国々を見る。さほど遠くない過去に撮られた、ガス室での最期を待つまた別の生ける骸骨たちの写真に繰り返し何度も触れもする。我々は高層ビルの爆発や航空機の爆破事故でバラバラに引き裂かれた屍を見て、明日は我が身かもしれぬテロの中で生きていく。我々は誰もが、そのようなことが道徳的だけでなく、物理的感覚でも「醜い」ことをあまりにもよく知っており、その理由は、そのようなことが不快感、恐怖、嫌悪感をもたらすからだということも知っている。これは、そのようなことが一方で憐憫、憤怒、抵抗、そして連帯の本能を呼び起こしもするという事実とは、また別の

추

話だ。たとえ、人生とは――ある愚か者が言い立てるように――騒がしさと凶暴さに満ちた物語にほかならないと信じる者たちの、宿命論的態度で現実を受け入れたとしてもだ。美的価値の相対性に対するいかなる知識も、そのような場合には我々は躊躇なく醜を認めるという事実、そしてそれを快楽の対象に転換することはできないという事実は無視できない。こうして、我々は多様な世紀の芸術がなぜ執拗に醜を描写したのか、その理由を理解する。芸術の声は周縁的であるかもしれないが、一部の形而上学者たちの楽観主義にもかかわらず、この世界には冷厳で悲しくも悪辣なにものかがあることを、その声は我々に想起させようとしてきたのである。

ウンベルト・エーコ※『醜の歴史』より

※ウンベルト・エーコ（一九三二―二〇一六年）イタリアの小説家にして、エッセイスト、文芸評論家、哲学者、記号学者。一九八〇年に発表した『薔薇の名前』（河島英昭 訳　東京創元社　一九九〇年）は全世界でベストセラーとなった。本書引用作品は『醜の歴史』（川野美也子 訳　東洋書林　二〇〇九年）。

춤【tʃʰum】
踊り

音楽に合わせる踊りは粋であり、音楽に合わない踊りは笑いがおこり、音楽もなくおどる踊りはなぜか涙が出る。大勢でおどる踊りは一体感に包まれ、二人でおどる踊りは愛に包まれ、一人でおどる踊りは宇宙が包み込む。

ㅊ

치
痴【ʧʰi】

どれだけうぶなら　あんなに
音をはずせるのかな
乾いてひきつれた唇はキスしたこともなさそう
歌が下手なあなたが
わたしは好き

雨が降るとき
誰かのお祝いの宴
強いお酒を飲むとき

そんなとき、あなたは本当に一生懸命
歌を歌う
かならず自分しか知らない歌
足拍子が難しいな
シロツメクサだけ食べて生きているみたい
なんでそんなに
もじもじするの
目を閉じてする深いキスは
わたしからしてあげる

オム・スンファ※　詩「音痴」

※オム・スンファ（一九五七年江原道寧越生まれ）詩人。一九八三年、『現代詩学』誌の推薦を受け文壇デビュー。同人誌『國詩』で活動している。本作品は詩集『온다는 사람（来ると言う人）』（チョンハ一九八七年）に収録。

침

唾【ʧʰim】

毎日飲み込んで暮らしながらも、
吐き出されると汚なく見える。

鼻の奥がつんとする

ヨ

ㅋ

캔【kʰɛn】缶

戦争をするために遠い土地まで行かねばならない軍人たちの食糧問題のために発明されたという。

코【kʰo】鼻／洟（はなみず）

鼻にかかった声からは媚を読み、洟のついた金※からは心を読む。鼻が落ちるとは落胆を、鼻がへし折られるとは挫折を、鼻の奥がつんとするのは感動を意味する。

※「코묻은 돈（洟のついた金）」とは、子どものお小遣い程度の金のこと。少額でも塵も積もれば山となるというたとえ。

ㅋ

콩【k^{h}oŋ】豆

小さいもののたとえに使う。

쿵【k^{h}uŋ】ドキン

嬉しくて心臓が反応すること。二回繰り返して使うと、当惑して心臓が反応すること。

키【khi】舵／鍵／ふるい／キー／背／機先

リードするには舵を取り、解決するには鍵を握らねばならない。穀物を混ぜるにはふるいにかけねばならず、演奏するにも、文章を書くにもキーボードをたたかねばならない。背丈を知るには背を測り、競争するには機先を制しなければならない。

ヨ

押す時ではなく引く時

ヒ

탁【$t^{h}a^{k}$】パンッ《瞬間の変化の音》

アイディアは思わずパンッと膝を打ってこそ傑作であり、ビールはシュワッと泡立ってこそ美味しい。酒の席は緊張がふっと解けてこそ楽しく、景観は視界がぱっと開けてこそ醍醐味がある。

탈【t^{h}aːl】仮面／欠点／脱

仮面を脱ぐとボロが出て、仮面をかぶるとあら探しをされる。だから仮面のまま脱力するか、仮面を脱いで脱皮するか、それが問題だ。

탐【tʰam】貪／耽／探

貪る心がつのると耽溺し、耽溺はやがて探求になり、探求は探検へといたる。

탕【tʰaːŋ】スープ／湯

動物の肉片を長く煮込んだ温かいスープを意味しもするが、人が湯に体をどっぷり浸かるために入るところも意味する。

※韓国語で「목욕탕（沐浴湯）」と言えば、風呂を意味する。

터【tʰɔ】土地／基礎

建物を建てるには土地をならし、一家を成すには土台を築く。

ㅌ

테【the】縁／たが

縁を囲むと強調され、たがを巻くと保護される。

털【thɔl】毛

わたしたちは冬の冷たい風に毛穴ひとつにだって触れさせまいとするかのように、ほかのあらゆる獣たちの毛で重装備をして冬を越す。

토【tho】口出し／言い訳

他人の言葉に口を出す※と横柄に見え、自分の言葉を弁解すると卑怯に見える。

※「토를 달다（口を出す、弁解する）」は、本来は漢文を読むときの読み下し記号をつけるという意味。

ㅌ

톤【tʰoːn】トーン

トーンが高いと軽く見え、トーンが低いと真面目に見える。トーンが一本調子だと退屈になり、トーンが変幻自在だとドラマチックになる。

톱【tʰop】のこぎり

押す時ではなく、引く時に力を入れなければならない。

통【tʰoŋ】腹／懐

わたしの家族が太っ腹なのは不安だが、わたしの友達が懐が深いのは頼もしい。

퉤【tʰwe】ぺっ

口の中にあったものを「ぺっ」と吐き捨てるのが、拒絶を皮肉っぽく表すものだとしたら、口が空っぽなのに「ぺっぺっ」と二回吐き捨てるのは、二度とごめんだという闘志をあわせて表すものだ。

ㅌ

틀【tʰɯl】枠

これにぴったりはまると面白みがなく、これに閉じ込められると不自由になり、これに合わせると誠意がなく、これに組み込まれると旧態依然になる。これを守りたがるのは既得権の欲望であり、これを壊したがるのは非既得権の望みだ。

틈【tʰɯm】
間（ま）

思い出す間もなく携帯電話でメッセージをやりとりする恋人。考える間もなく携帯電話を閲覧する人々。すべての間は携帯電話が占領する。

티【tʰi】
気配／素振り

貧乏はその気配がにじみだし、金持ちは素振りでひけらかす。

ㅌ

팀【thim】チーム

志を共にするのではなく、排撃を共にするために群れを成すとき、もっともチームワークがよい。共に行動したいからではなく、排撃されたくないから群れに加担せざるを得ない。

五

腕を広げると

五

판【p^han】版／型

型にはめられるとうんざりするが、自分で型を作りだすとやる気が出る。

※「판」は「判、場、状況」などの意味もある。「판(場)」＋「소리(声)」で語り芸「パンソリ」となる。韓国の伝統的な民俗芸能のひとつ。

팔【p^hal】腕

腕を広げると歓迎になり、腕まくりをするとずいっと進み出て、重要な人物になると右腕になったといい、大事な人を失ったときは片腕を失ったという。

ㅍ

펜【pʰen】ペン

ペンは剣よりも強くはないが、ペンは剣にもなる。ペンを装った剣がいたるところにいっぱいだ。

편【pʰjɔn】仲間／味方／側

子どもは一緒に遊ぶために仲間分けをして、大人は一緒にいたくないために仲間分けをする。

폐【pʰeː】迷惑

迷惑をかけるのではないかと心配するのが人間らしさだ。迷惑が迷惑であることを知らないことが最大の迷惑になる。

ㅍ

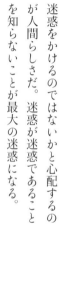

폼【pʰo:m】格好／FORM

格好つける人は格好悪くて、格好いい人は格好つけない。

표【pʰjo】切符／票／表／印

切符を買うと利用でき、一票を投じれば支持できる。表には出すまいと努力をするが、努力をするためにあらかじめ表に出しておくこともある。

풀【pʰul】糊／勢い／気力

糊を作ればくっつけることができ、糊づけするとパリッとする。
生きる張りをなくすと勢いがそがれ、意欲を奪われれば気力も尽きる。

품【pʰum】手間／懐

手間をかければかけただけの実を結び、懐が
広ければ広いだけ人を集めることができる。

풋【pʰut】初物／未熟

若葉の匂い、青いりんご、初恋……すっかり熟してはいないので青臭いが輝いている。拙さも創作の光り輝く技術となりうる。

피【pʰi】血

身体の中をぐるぐるめぐって動物が生きられるようにする。体の外に出ると危険。血で書かれた作品はそれゆえ危険そのものである。

回復できるので

ㅎ

해【hɛ】太陽／年

太陽が三六五回昇れば、年が変わる。

허【hɔ】虚

他人の虚は狙い、自分の虚は衝かれる。

ㅎ

헉【hɔk】はっ！

驚いたときに使う感嘆詞だった。驚くことがあまりにも多くなってからは、すっかり使われなくなった。いまは呆れたことを表現する「はぁ～？（헐）※」が使われている。

※「헐」は二〇〇〇年頃から使われるようになった。

혀【hjɔ】

舌

酒に酔ったときは舌がもつれて、むやみやたらに喋るときは舌が滑る。感嘆したときは舌を巻き、失望したときは舌打ちをする。

형
【hjɔŋ】兄貴

兄貴は間違いなく善良な人になっていただろうな。
俺ほど父さんを憎んだりはしなかっただろうし
俺より母さんをいたわってあげただろうな。
当然家のなかで一番最後に布団に入ったはずだね。
戸を全部閉めて。
明かりを全部消して。

兄貴には何でも全部告白しただろうな。
何が何だかわからないと。
生きることはあまりにも怖いと。
死んでしまいたいと。
実は兄貴が俺たちのなかで一番悲しかったはずなのに。

でも兄貴は詩人にはなれなかっただろうな。
二番目に悲しい人が
一番目に悲しい人を思いながら書くのが詩だからね。

シム・ボソン※ 詩「兄貴」より

※シム・ボソン（沈甫宣）（一九七〇年ソウル生まれ）詩人、社会学者。延世大学コミュニケーション大学院教授。主な作品集に『悲しみのない十五秒』『目の前にいない人』『焼けた芸術』などがある。本作品は『오늘은 잘 모르겠어（今日はよくわからない）』（文学と知性社 二〇一七年）に収録。

ㅎ

혼【hon】魂

衝撃を受けると魂が抜け出て、恋に落ちると魂を奪われる。未練を残して死ぬと魂がさまよい、鮮明な立場を最後まで貫きとおせば魂が込められる。

화【hwa:】火／禍

災禍を被り怒りに火がつくことになるのか、怒りに火がつくから災禍を引き起こすことになるのか。

※韓国語では「화가 나다（火が出る）」で「怒る」という意味になる。

홰【hwɛ】羽ばたき

いま鶏が羽ばたき※1ながら甲高い鳴き声をあげ、夜を追い払い暗闇を追い立て東側から白ーい夜明けという新しいお客を呼び寄せるとしよう。だからといって軽々しくうれしがることではない。ごらん、たとえ夜明けが来たとしてもこの村は相変わらず暗澹としていて、私も相変わらず暗澹としたままでそれゆえあなたも私もこの分かれ道でためらい迷わずにはいられない存在ではないか。

ユン・ドンジュ※2 詩「星屑が落ちたところ」より

※1「鶏が羽を広げてパタパタすること」を意味する「홰」。「홰를 치다」は「羽ばたく、時を告げる、鶏が鳴いて夜明けの時を知らせる」という意味の慣用句である。

※2ユン・ドンジュ（尹東柱）（一九一七年当時の満洲生まれ）詩人。一九四二年立教大学に留学。同一〇月同志社大学に編入。一九四三年治安維持法違反で逮捕され、一九四五年収監先の福岡刑務所にて二十七歳の若さにて獄死。日本の植民地政策による弾圧のなか、民族への思いと平和への願いを込めた詩の数々を当時禁じられていたハングルで書きつづけた。本作品は『空と風と星と詩』（金時鐘訳　岩波文庫　二〇一二年）に「隕石のおちたところ」として収録。

ㅎ

회【hwe】回／会

回を重ねると良くなっていき、
会を組織すると目的に向かってより良くなる。

획【hwek】画

線や点を画けば文字になるが、一線を
画すると変化を起こすようになる。

흉【hjuŋ】傷跡

傷つけば傷跡ができ、傷つけたければ
傷跡を掘りかえす。

흙【hɯ^{k}】土

すべての生命のためになる。目にさえ
入ってこなければ。

흠【hɯm】欠点

欠点がなければ、欠点を探すまでだ。

ㅎ

힘【him】
力

力を使えば助けることができ、力を込めれば強調することができる。力を注げば真心を込めることができ、力を得れば勇気を出すことができる。力が及ばなければ挫折をすることになり、力に余れば成し遂げることができなくなる。力を出せば回復することができ、力がなくなっていくと倒れることもある。力が強ければ状況を動かすことができ、力を傾ければ状況を変えることができる。

힝【hiŋ】グスン・え〜ん

寂しかったり、癪にさわったり、気恥ずかしかったその時に、甘えを添える表現。

監訳者あとがき――私の一文字は「　」。

人は誰もそれぞれに、唯一無二のかけがえのない人生という物語を紡ぎながら生きているものです。一つとして同じ物語はない。そして、それぞれの物語においては、たとえ同じ言葉を使っているとしても、それが「愛」とか「夢」とか「嘘」とか「絆」というような誰もがよく知るような言葉だったとしても、そのどれもが微妙に繊細に異なる意味を持っているものです。当然のことです。言葉は文脈の中にあってこそ生き生きと意味を持つものなのですから。人生とはそれぞれに脈々と流れてゆく命の時間の賜物、それぞれの物語はそれぞれの文脈を持つほかないのですから。

だから、私たちは、自分らしく生きるかぎりは、自分だけの言葉の辞典を持つようになる。詩人キム・ソヨンが自身の人生とともにある、唯一無二の『一文字の辞典』を紡ぎ出したように。

彼女の辞典には全部で三一〇個の一文字が収められています。

詩心と遊び心と彷徨う心とまつろわぬ心で織りなされる三一〇個。

哀も歓も生も死も善も悪も虚も実も白も黒もぐるぐるめぐって分かちがたく混じりあって、そこに隠し味の毒を一滴。そんな三一〇個。

一見ありきたりの一文字の向こう側に、故郷のようで異郷のような不思議な気配の風景が広がる三一〇個。

その一つ一つに彼女の人生のさまざまな時間、情景、感情、思索が溶け込んでいる。これは空恐ろしいことです。しかもそこには、キム・ソヨンはいかにしてキム・ソヨンになったのか、という秘密も潜んでいて、それをうっかり受け取ってしまった私たちは、秘密と引き換えにまことに厳しい問いを突きつけられることにもなるわけで……。

ねえ、あなたはあなたの物語をあなたらしくちゃんと生きてる？

あなたの一文字辞典はどんな辞典？

実を言えば、私はキム・ソヨンという詩人を、この『一文字の辞典』をとおして初めて知りました。ほぼ二年がかりで八人の仲間と共に『一文字の辞典』を訳しつつ、三一〇の覗き窓からキム・ソヨンという一筋縄ではいかない物語に少しずつ触れてゆくうちに、この厄介な詩人（もちろん賛辞です）をもっと知りたくなりました。

ねえ、あなたのその「厄介さ」はいったいどこからやってきたの?

そこで、まずは、『一文字の辞典』に添えられている詩人のプロフィールを見てみる。こんな言葉ではじまっています。

「誰も私に詩を書いてみたらなんて言わなかったから、詩を書く人間になった。詩集を読むことが好きすぎて、純度100パーセントの私好みの詩を自分で書いてみたくなった」

ねっ、一筋縄ではいかない人でしょう? いきなり厄介。こんなことを言われたら、ますます知りたくなるじゃないですか。

長い手紙を詩人に送りました。うれしいことに、長い手紙が詩人から届きました。詩人は、私からの問いに、そっと耳打ちするように答えてくれました。そのやりとりを少しだけ、ここに書きますね。

＊　＊

姜……………詩を読むのが好きすぎた少女は、どんな詩を読んでいたのですか?

詩人…………大学に入って、大学図書館の片隅に詩集コーナーを発見したんです。そのときからです。意識して詩を読みはじめたのは。まだ紙の貸出カードが本の後ろの紙ポケットに差し込まれていた頃のことでした。貸出カードにはまだ誰の名前も書かれていない、まっさらな詩集ばかりでした。人が関心を持っていない世界だと思うと、なんだか神秘めいて、心が惹かれました。あの頃は、チェ・スンジャ（崔勝子）、キム・ヘスン（金恵順）、この二人の詩人の詩が好きでよく読んでいました。それぞれに新たな領域を拓いた両詩人も、あの頃はまだ新人でした。もちろん少女の頃も詩を読んではいましたよ。植民地期の詩人の中でもこの二人、「死ぬ日まで天を仰ぎ／一点の恥じ入ることもないことを」と詠ったユン・ドンジュ（尹東柱）、「わがふるさとの七月は／たわわの房の青葡萄」と詠ったイ・ユクサ（李陸史）が特に好きでした。
潔さと気迫。それこそが私が詩に求めているものです。

姜……純度100パーセントの詩とは、どんな詩？

詩人……ないことにされている場所を探しだして、そこに座標を打って、その場所に立って、なかったことにされている声で歌う詩。
詩人たちだけで通じあう極度の実験性が「アカデミックな監獄」だとすれば、大衆受けするような、甘ったるくて安易な抒情性もまた「監獄」です。この二つの「監獄」のはざまの本当に狭い領域を押し広げて、そのなかへと分け入っていきたいんです。私がこれまで学んで身にしみこませてきた文学性ではなく、この私からはじまる文学性へと挑んでいきたいんです。

詩人として生きてきて三十年ほどにもなります。このごろはとりわけ、一篇の詩を書くたびに、今のこの時代に対峙する力をバージョンアップしていきたいと思っています。同時に、詩を書きはじめた頃の、あの突き動かされるような純粋な発露から遠ざかるまいとも。この二つの思いを両手に剣のように握りしめていようう。そう強く思っているのです。

姜……あなたの詩世界では、生の中に死があり、死は生へとつらなり、歓びの中にも哀しみが宿り、哀しみの中に希望が息づいています。生と死、歓びと哀しみ、光と影が、春夏秋冬のような円環の世界を形作って、くりかえしぐるぐるとめぐっているかのようです。たとえば、「강 河」(本書19ページ)という詩で、そんな独特な感覚を味わいました。この感覚、この詩世界は、どこからやってくるのでしょう?

詩人……死なのか生なのか、歓びなのか哀しみなのか、ただ一つの枠に収めようとはしないんです。収める直前に自分の感覚を止めて、ありのままを見つめようとするんです。わかりやすく言えば、「境界線を引かない」ということです。これはつまり、境界線を引くことを思いとどまるタイミングに関わることなのです。「哀しみは悲観的で、希望は楽観的」というような、刷り込まれてしまった「情緒脚本」(私、キム・ソヨンが作った言葉です)どおりに感じるのをやめて、すみずみまで感覚を研ぎ澄ませてゆけば、混じりあっている何かを感じ取ることができるのです。語るべき真実があるとすれば、これが真実なのではないでしょうか。これこそが、詩が大切に守るべきものなのではないでしょうか。

＊　＊

しみじみとうれしくなるやりとりでした。潔さと気迫と守るべき真実。詩について語り合いながら、私たちは「いかに生きるべきか」について語り合っているかのようでした。あらためて気づかされます。詩とは書くものではなく、生きるものなのですね。思えば、『一文字の辞典』という本自体が、詩人の人生を形作ってきた言葉の数々によって織り上げられた一冊の詩なのですね。

そして、ふたたび、この問い。

ねえ、あなたはあなたの物語をあなたらしくちゃんと生きてる？
あなたの一文字辞典はどんな辞典？

私も、共に本書を翻訳した八名の仲間も、三一〇個の一文字を前にしてわが人生を振り返りました。私たちもまた自分自身の一文字を考えました。それはおのずとそれぞれの個性のにじみでる一文字となりました。

詩人キム・ソヨンさんへの一文字辞典翻訳委員会からの応答として、そしてそれぞれの「一文字の辞典」の最初の一語として、私たちの一文字をここに記します。

＊　＊

李和静（イ　ファジョン）「和」（화 ホァ）

この世に登場しこよなく愛され始めた記憶の原点となる名前の一文字。不思議に日本でも最も愛される代表文字の一つ？　ホァ、その音でいつも魂までホァ〜

佐藤里愛（さとう　りえ）「愛」（애 エ）

私の名前の一文字。里愛の「え」。리애《リエ》の「애」。一文字辞典で偶然にも担当することになった「애」。「애」が私の人生にもたらしたものはとても大きい。

申樹浩（しん　すほ）「今」

今が私にとって一番新しいとき。今に感謝！

田畑智子（たばた　ともこ）「壁」

完璧を目指しているとよくこれにぶち当たる。そんな時は暫し寄りかかり休むもよし、梯子をかけてよじ登るもよし、穴をあけるもよし、迂回するもよし。その先にあるものに出会うために、思案する間、存在するもの。

永妻由香里（ながつま　ゆかり）「運」

私は運がいい。素敵な出会いとご縁。今の私が幸せを感じられて、その場にいられるのは、実力ではなく運が良かったから。ありがとう。

邊昌世（ほとり　さよ）「渚」

水はいつも何者なのかを問う者。
波は永遠の反対に向かうもの。
海でも空でも陸でもない
風となるところ。
透明で見えないが
確かにあるもの。必ずくる場所。
ずっと待っているところ。
誰も正確な所在など知らぬ処。
境界の狭間のいのちのちから。
月灯りを抜けてお日様に届きたいもの。
誰も冒せない場所。

焚き火をするのに絶好の場所。
いずれ歌い踊るための場所となる。
私が私にあげる名前。

バーチ美和（ばーち　みわ）「信」
これさえ手放さなければ、闇の中にあっても闇を歩むことがない。

松原佳澄（まつばら　かすみ）「我」
押しつけすぎてもあんまりだし、主張しなさすぎてもイマイチ。これを守り、信じぬいてあげられるのは私ひとりかもしれない。

本書の翻訳から刊行まで、ご助力くださったすべての方に感謝申し上げます。

二〇二一年七月七日

「声」に耳澄ませて、呼ばれて、彷徨って、出会って、つながって、今ここに

姜信子

Profile

◉キム・ソヨン（金素延）

詩人。誰も私に詩を書いてみたらなんて言わなかったから、詩を書く人間になった。詩集を読むことが好きすぎて、純度100パーセントの私好みの詩を自分で書いてみたくなった。そんな思いを抱いた図書館は、今はもうない。あの場所をもう一度訪れたくなるたびに、私は歩いて人波へと入っていく。人々が慌ただしく行きかうなか、ひとり立ち止まっているような時間が好きだ。ひとりではない場所でひとりになるために、どこかに出かけ、どこかに旅立つ。その場所で、良い詩を書きたいと熱望するのではなく、自分の満足のゆく詩を書くことこそが本望なのだという思いを確かなものにする。そんな思いを見失わないために、私には退屈な時間がたくさん必要。努力するのは嫌いだけど、退屈するためであれば精一杯努力してきた。退屈がつややかな孤独になっていくとき、私はたくましくなる。もう少し退屈になって、もう少したくましくなるために、そのためにだけ生きてゆく。

詩集に『極まる』『光たちの疲れが夜を引き寄せる』『涙という骨』『数学者の朝』『iに』、エッセイ集に『心の辞典』『ㅅ（シオッ）の世界』『私を除いた世の中のすべて』『愛には愛がない』『あの楽しかった時間に』がある。露雀洪思容文学賞、現代文学賞、李陸史詩文学賞、現代詩作品賞を受賞。

◉監訳者 姜信子（きょう のぶこ）

作家。横浜生まれ。

主な著書に、『棄郷ノート』（作品社）、『ノレ・ノスタルギーヤ』『ナミイ！　八重山のおばあの歌物語』『イリオモテ』（岩波書店）、『生きとし生ける空白の物語』『路傍の反骨、歌の始まり』（港の人）、『はじまりはじまりはじまり』（羽鳥書店）、『声　千年先に届くほどに』『現代説経集』（ぷねうま舎）、『平成山椒大夫　あんじゅ、あんじゅ、さまよい安寿』（せりか書房）、『はじまれ、ふたたび』（新泉社）など多数。また、訳書に『あなたたちの天国』（李清俊　みすず書房）、『モンスーン』（ピョン・ヘヨン　白水社）、共訳に詩集『海女たち』（ホ・ヨンソン　新泉社）『たそがれ』（黄晢暎　CUON）等がある。路傍の声に耳傾けて読む書く歌う旅をする日々。

◉一文字辞典翻訳委員会

李和静（イ ファジョン）
佐藤里愛（さとう りえ）
申樹浩（しん すほ）
田畑智子（たばた ともこ）
永妻由香里（ながつま ゆかり）
バーチ美和（ばーち みわ）
邊昌世（ほとり さよ）
松原佳澄（まつばら かすみ）

詩人《しじん》キム・ソヨン　一文字《ひともじ》の辞典《じてん》

2021年9月10日　初版第1刷発行
2022年7月20日　第2版第1刷発行

著者　キム・ソヨン
監訳　姜信子
翻訳　一文字辞典翻訳委員会
編集　長尾美穂
校正　松原佳澄
ブックデザイン　恵比寿屋
印刷　大日本印刷株式会社
発行人　永田金司／金承福
発行所　株式会社クオン
〒101-0051
東京都千代田区神田神保町1-7-3 三光堂ビル3階
電話＝03-5244-5426
FAX＝03-5244-5428
URL＝http://www.cuon.jp/

ISBN 978-4-910214-25-2 C0098